L'INNOCENT MALHEVREVX, OV LA MORT DE CRISPE.

TRAGEDIE.

Par le Sieur de GRENAILLE.

A PARIS,
Chez IEAN PASLE', ruë Sainct Iacques, à la Pomme d'Or, proche Sainct Seuerin.

M. DC. XXXIX.
AVEC PRIVILEGE DV ROY.

A MONSEIGNEVR, MESSIRE IEAN VICOMTE DE POMPADOVR, BARON DE BRE', TREIGNAC,

Sainct Circ, la Gane, &c. Lieutenant General pour le Roy au Gouuernement du haut & bas Lymosin, & Capitaine d'vne Compagnie au Regiment des Gardes de sa Majesté.

MONSEIGNEVR,

L'INNOCENT MALHEVREVX trouue du bonheur dans son infortune, en ce qu'estant mort indignement, il resuscite glorieusement sous vôtre nom, & triomphe de la calomnie apres auoir rendu l'ame par son effort. Dans cette nouuelle vie qu'il reçoit ie ne pouuois luy choisir vn plus noble Protecteur que celuy qui la luy donne, & qui n'ayant pas moins de perfections que Crispe, a d'ailleurs beaucoup plus de felicité, & peut par son honneur releuer celuy de l'autre. La naissance, MONSEIGNEVR, *vous a mis d'abord dans vne éleuation, où la fortune ne peut mettre que de grands hommes; mais vous auez d'ailleurs obtenu des charges qui nous font douter si vous estes plus illustre de vous mesme, ou par la bienueillance du Roy. Mais nous sortons de ce doute, considerant qu'estant issu d'vne des plus grandes maisons de Guyenne, & aussi bien éleué qu'aucun Seigneur de tout le Royaume, vous ne pouuiez manquer d'estre auantagé aupres de* LOVIS LE IVSTE, *qui honore particulierement de ses faueurs ceux qu'il trouue desia grands par bonheur & par merite. Quand il n'y auroit que le souuenir de feu Monseigneur vôtre pere, vous seriez tousiours grandement considerable à cét Estat, comme estant successeur de celuy qui l'a tousiours seruy auec autant de zele que de succés; & qui parmy les troubles n'a iamais eu que de bons mouuemens pour la Couronne. La charge qu'il a si long temps exercée auec vne prudence égale à sa generosité, & le Collier de l'Ordre que ses vertus luy auoient fait donner, aussi bien que l'estime du plus grand de tous les Princes, témoignent euidemment que la loüange particuliere que ie luy donne, sera suiuie d'vn Panegyrique public. D'ailleurs, la consideration de Madame, que nôtre Cour regarde comme vn des plus beaux Soleils qu'elle ait produit, & qui est alliée de Monseigneur le Chancelier, monstre que la Iustice mesme n'auroit plus de credit dans le monde, si vous n'y auiez de l'honneur & de l'employ. Outre cela, vos qualitez personnelles semblent capables de vous donner des auantages que les autres ne tirent ordinairement que de l'extraction, & nous font iuger qu'estant si noble de deux costez, vous le serez encore autant de vous mesme. Cette force de iugement, qui en vôtre ieunesse vous fait imiter la sagesse des plus âgez, & qui vous fait gouuerner vne Prouince en vn temps où les autres peuuent à peine se gouuerner soy-mesmes, nous fait voir aisément que la nature mesme vous a instruit, & que l'experience s'est d'elle-mesme offerte à vous, au lieu que les autres sont en peine de l'acquerir. Le soin encore que vous auez eu de ioindre les exercices de l'esprit auec ceux du corps, vous a mis dans vne constitution; qui fait que dans la paix & dans la guerre vous pouuez estre tousiours vtile, & seruir la France auec autant d'adresse que de valeur. Ce n'est pas mon seul sentiment qui vous donne ces loüanges, c'est l'opinion generale de tout le monde, qui espere tant de vous,* MONSEIGNEVR, *que personne n'ose dire ce que vous estes, sçachant que ce n'est qu'vne partie de ce que vous deuez estre. Cependant la cognoissance que i'ay de vos rares qualitez, jointe à l'inclination que i'ay à vous* *reuerer, m'a fait croire que vous receuriez de bon œil l'offre que ie vous fais de la Mort du fils du plus grand Empereur de Rome, lequel dans toute sa grandeur vient rendre hommage à la vôtre. Outre ces raisons generales, i'en ay de particulieres de vous dedier cét ouurage; L'vne est, que l'ayant conceu en vn païs que vôtre Charge vous rend sujet, ie crois estre obligé à vous rendre des fruits de vôtre Prouince, & vous faire voir que si vous trauaillez pour nôtre bien, nous trauaillons pour vôtre gloire. I'ay encore voulu par là, vous témoigner le respect que mon pere & tous ceux de sa maison portent à la vôtre, & comme nous desirons vous estre doublement sujets, & par naissance, & par élection. Souffrez, M*ONSEIGNEVR*, cette hardiesse, comme estant plustost vn effet du Zele que de la temerité de celuy qui est,*

MONSEIGNEVR,

Vostre tres-humble, & tres-obeïssant seruiteur,

GRENALLE.

OVVERTVRE GENERALE

à toute la piece, auec vn discours sur les Poëmes Dramatiques de ce temps.

VN Autheur du siecle passé, parlant de la Poësie se plaignoit auec raison, de ce que les Muses qui logeoient autrefois sur vne double montagne, sembloient à peine ramper de son temps, & qu'au lieu d'animer les vers, elles estoient presque mortes. Nous pouuons dire que les Poëtes d'à present leur ont fait prendre vn autre train, puis qu'ils les ont éleuées sur le theatre où elles ont vne veritable grandeur, au lieu que les monts ne leur en donnoient qu'vne imaginaire. Tous les esprits qui ont vn peu de genie l'employent d'abord à la Scene, les Odes & les Sonnets ne sont pas des pieces si communes que les Tragicomedies. Cela vient à mon auis du prix que la France donne aujourd'huy à cette sorte d'ouurages, & de l'agréement de ce grand MINISTRE, qui se deschargeant du poids des affaires, prend quelquefois de nobles diuertissemens en des sujets heroïques. Ceux qui sont capables de conceuoir quelque chose de grand, aiment mieux consacrer leurs veilles au contentement de ce grand Heros, qu'aux loüanges de plusieurs autres personnes. On en peut encore apporter vne autre raison, quoy qu'inferieure à celle-là, & c'est que les Acteurs qui representent les Poëmes Dramatiques, le font auec tant d'adresse & de splendeur, que chacun se persuade que c'est à eux qu'il appartient de donner la montre aux belles choses, & que ce qui les occupe vne fois, passe tousiours pour releué. Aussi voyons nous qu'vne profession qui a tousiours eu de la vogue, semble estre maintenant toute Royale, estant sous la protection de sa Majesté. Sa troupe est plus honnorée de nôtre temps, que les anciens Comediens ne l'estoient sous les Empereurs, aussi répond elle par son action, & par le nombre des personnes qui la composent, à tout ce qu'on peut attendre d'elle pour le contentement des plus grands Princes aussi bien que de tout le peuple.

Il faut auoüer neantmoins, que si tous les Autheurs ont les mesmes pretensions, ils n'ont pas tous les mesmes succés. C'est que plusieurs veulent d'abord voler bien haut, sans auoir apris à marcher, d'où vient qu'ils s'abbaissent en s'éleuant, & que pensant toucher le faiste, ils tombent dans le precipice. Ils veulent faire vn chef d'œuure sans auoir fait aucun essay. Ils n'ont iamais sceu composer vne Elegie, & ils croyent pouuoir hautement exprimer les regrets d'vne Princesse malheureuse. Ils ne sçauent pas combien vn Poëme a de parties, & ils songent aux cinq actes du plus difficile de tous. Ils n'ont pas d'enthouziasme pour faire deux vers hardis, & ils croyent en auoir pour vne piece de longue haleine. Ainsi donc ils ne courent pas dans la lice, mais plustost ils y choppent à chaque pas, ils n'ont pas de suffisance, mais ils ont de la vanité. Ils prennent de belles matieres, mais ils leur donnent vne bien chetiue forme. Vn ancien disoit, qu'il valoit mieux estre blâmé de quelques gens, que d'estre loüé par d'autres; mais on peut dire qu'il y a de beaux sujets qui perdent leur Majesté, pource qu'ils sont traittez par de foibles plumes. Puis que ie mets la mienne en ce nombre, sans parler d'aucune autre en particulier, on doit croire que ie fais plustost ma censure, que celle de ceux que ie reconnois pour mes Maistres. On doit loüer ma sincerité, & non pas m'accuser, ou d'orgueil, ou d'imprudence.

On peut dire encore, que la difficulté qui se rencontre à bien faire vne piece de Theatre, vient aussi-tost de la nature de l'objet, que de l'insuffisance de l'Autheur. Il est certain, que comme vne Tragedie a diuers visages, qui n'ont pourtant qu'vne vision, il faut estre bien clairuoyant pour luy donner toutes ses postures raisonnables. Ce beau corps comprend vne infinité de beaux membres. Il embrasse le Politique pour faire tenir les conseils, & prendre de bonnes resolutions aux grands Monarques. La Morale y est employée pour esmouuoir les passions, & dispenser bien à propos l'esperance & le desespoir, l'amour & la haine. L'eloquence y regne pour produire tous les sentimens du cœur, & faire voir son ame dans ses paroles. La Logique y est necessaire pour ne faire iamais de mauuais raisonnemens sur vn bon sujet, & employer plustost les termes dans leur sens que dans la rime. La connoissance de l'art Militaire s'y méle, par les duels ou les combats qui sont souuent les tristes euenemens, & qui causent ces belles

belles intrigues qui sont suiuies d'vn admirable desnouëment. La Musique mesme est requise à vn ouurage qui consiste tout en nombres, qui est aussi bien fait pour l'oreille que pour le cœur, & qui doit rauir l'ame par l'oüie. Ie ne parle point icy de l'Histoire, car tout le monde voit que pour prendre de beaux sujets il faut sçauoir de belles choses, & bien remarquer la substance & l'accessoire d'vne action, pour bien reconnoistre les veritez qu'il faut suiure, & ce qu'on peut feindre dans vn Poëme. Or pour donner tant de belles figures à vn tableau, il faut qu'vn Peintre soit bien expert, & qu'vn Artisan ait ensemble du bon-heur & du sçauoir pour acheuer cét ouurage. Outre que la nature luy doit auoir donné ce Carathere qui a fait dire que les Orateurs se font par art, mais que les Poëtes naissent habiles, il faut encore que l'industrie enrichisse la nature, & que la nature s'efforce de surpasser l'industrie.

Vn homme donc qui se mesle de faire de ces rares productions, doit estre pourueu de toute sorte d'auantages. Il doit estre sçauant sans estre ny superficiel, ny aussi trop speculatif. La Sagesse luy doit apprendre des secrets dont la Cour & le commerce des hommes luy doiuent fournir des exemples. Il doit auoir l'imagination bonne, mais elle doit ceder à la bonté de son iugement. Pour son esprit, deuant tousiours feindre en quelque façon il doit estre bien subtil & bien auisé; Au reste ses passions doiuent estre si bien faites, qu'il les puisse émouuoir & appaiser à sa volonté, & sans changer de cœur les employer à diuers vsages. Il faut qu'il fasse le Roy & l'esclaue, la Reyne & la suiuante, le Iuge & le criminel, l'accusateur & l'Apologiste, sans se troubler où changer de personnage. De plus, il doit estre circonspect pour garder la iustesse aussi bien aux circonstances, qu'au principal de toutes les choses. Il faut qu'il fasse taire à propos les Souuerains pour laisser parler les sujets, qu'il donne du temps à l'auersion aussi bien qu'aux plus douces affectiõs, & qu'il fasse disparoistre les Acteurs auec autant d'applaudissement qu'ils ont paru sur le Theatre. En vn mot, il doit estre parfaict Courtisan, comme parfaict Orateur, & il nous faut croire que ce qui a fait dire que la Poësie a quelque chose de Diuin, c'est qu'il faut auoir vne faueur presque surnaturelle pour en acquerir la perfection, & sembler moins homme que demy-Dieu. Ces fameux enthousiasmes qu'on nomme diuines fureurs monstrent assez que mon opinion est aussi bien fondée sur l'experience qu'appuyée sur la raison.

On peut recueillir de ce discours que plusieurs peuuent faire des Poëmes dramatiques, mais qu'il y a fort peu de gens qui les fassent dans la perfection qu'ils doiuent auoir. Comme entre les Poëtes Latins nous n'auons qu'vn Seneque qui ait reüssi en matiere de Tragedies, & que Sophocle & Euripide sont les seuls des Grecs qui y ayent heureusement trauaillé, auoüons que la France n'est pas plus feconde auiourd'huy que l'Italie & la Grece. Tous ceux qui font des vers ne sont pas incomparables, & le nombre des Autheurs ne les rend pas tous excellents. Cette confusion ne mesle pas le merite & l'imperfection des vns & des autres. Nous en auons neantmoins quelques-vns qui ornent magnifiquement nôtre Theatre au lieu que les autres en prennent leur ornemẽt. Tant d'illustres MORTS qu'ils font resusciter auec admiration, seroient bien aises s'ils reuenoient au monde, d'auoir eu jadis du malheur pour donner sujet aux ouurages de tant de bons esprits qui le representent. On ne sçait qu'admirer plustost où l'argument de leurs pieces, ou la beauté qu'ils luy donnent. On peut dire seulemẽt que leur art est encore plus admirable que la matiere, & qu'il n'y a point de riche sujet qui ne tire du prix de la façon qu'ils luy donnent. Ie ne veux point, pour gagner les bonnes graces de quelqu'vn faire des comparaisons odieuses, ny desobliger tous les Autheurs pour en loüer vn en particulier. Ie crois neantmoins que les autres seront tous de mon aduis, quand ie diray que Mr DE LA CALPRENEDE, pour estre venu des derniers ne laisse pas de tenir le premier rang. Ce n'est pas l'amour du pays qui me fait parler, c'est la verité que i'aime plus que tout le reste. Ie sçais bien que nôtre Guyenne l'auoüe pour son ornement, mais sa personne m'est plus considerable que sa naissance. Outre que parlant en faueur d'vn homme que ie n'ay iamais eu l'honneur de voir que dans ses écrits, on ne dira pas que ie flatte celuy qui ne m'entend point estant maintenant bien éloigné de Paris, mais plustost que ie donne au merite de ses œuures ce que d'autres donneroient à la complaisance. Ce n'est pas que ie n'honore la cause encore plus que l'effet, mais pour admirer l'effet à loisir, ie veux vn peu separer ses interests d'auecque ceux de sa cause.

Ie diray encore par preuention, qu'on ne doit pas mettre toute la loüange de cét Autheur dans ses ouurages, veu qu'ils en font la moindre partie. Ce qui fait la profession de plusieurs ne fait que ses diuertissemens, & les chef-d'œuures qui occupent toute leur vie se font lors qu'il se délasse. Sa naissance l'a trop esleué pour luy permettre de tirer sa gloire d'vn employ où les roturiers pretendent aussi bien que tous les Nobles. Pour estre Poëte comme les autres, il ne doit pas cesser d'estre par dessus le commun des hommes. Il est bien aise de nous rauir, mais non pas de quitter son rang. Il ne veut pas que sa plume soit si bonne que son épée, ny qu'vne Couronne de laurier semble ennoblir vn beau Tymbre. C'est pourtant vn cas merueilleux que cette illustre negligence qu'il affecte produise tant de belles choses, & que ne voulant esgaler personne à faire des vers, il esgale tout le monde. Mais de ces reflexions generales venons maintenant aux particulieres, pour voir changer mon opinion en euidence. Nous auons veu diuerses pieces de cét excellent Autheur, chacune desquelles nous sembleroit incomparable, si elle n'auoit sa semblable de mesme main. *La mort de Mithridate* qui fut l'essay d'vn si bon esprit passe pour vn chef-d'œuure au iugement des habiles. L'Autheur a tort de luy vouloir rauir ses ornemens par vne modestie recherchée, on l'estime suiuant ce qu'elle est, & non pas suiuant le cas qu'il en fait. On ne defere pas à son opinion en ce qui le touche, pource qu'elle est iniuste deuant que de luy estre tant soit peu desauantageuse. Il suffit de dire que si cette piece n'estoit excellente elle n'auroit pas vne approbation generale, & qu'elle n'eust iamais causé de si grandes émotions dans les ames des spectateurs, si elle n'eust esté le fruit d'vn puissant genie. *La mort des enfans d'Herodes* ne cede point à la Mariane, quoy qu'on l'en nomme la Suite; l'Autheur trouue dans son art les beautez que l'autre a rencontrées dans la matiere aussi bien que dans ses diuines inuentions, & pour n'auoir pas tant de femmes la Scene n'en est pas moins agreable. C'est là qu'on voit ces belles diuersitez que causent les passions d'vn fils ialoux de son pere, & d'vn pere qui est ialoux de ses enfans. La tyrannie & la pitié, l'indulgence & la cruauté y sont meslées auec vn si doux temperamment qu'on se réjoüit en s'affligeant, & on pleure dans sa ioye. *La Ieanne d'Angleterre* est vn sujet si meslé par les illustres occurrences, qu'on y remarque, que l'esprit en demeure perpetuellement surpris, bien qu'il preuoye d'abord tout ce qui doit arriuer. Mais principalement on y voit de grands cœurs que les supplices rendent plus genereux, & qui ne sçauent non plus ceder au malheur qu'à la force des ennemis. D'autre part on voit vne Princesse qui apprehende de regner, pource qu'il luy faut faire mourir vne autre Reyne, & qu'estant son ennemie elle ne peut d'ailleurs resister aux mouuemens de l'affection que les merites de sa riuale luy dónent.

I'ay oüy dire que l'Autheur fait vn estat particulier de cette piece, aussi est-elle vne image de sa generosité, mais il faut auoüer que son iugement en ce point est suiuy de celuy de tous les autres.

Ie ne parleray point des autres pieces anciennes de sa façon pour dire vn mot des modernes, non pas que les premieres ayent perdu leur grace portant tousiours leur merite, mais c'est que les suiuantes ajoustent la nouueauté aux autres attraits qu'elles ont. *Le Comte d'Essex* pour estre vn sujet plus recent, ne laisse pas d'estre admirable. Sa grace neantmoins ne luy vient pas tant de sa nouueauté, comme des admirables intrigues qu'on voit dans toute cette Tragedie. Le pouuoir d'vne Reyne s'y debat si bien contre son amour, que lors qu'elle est vaincuë, on la croit victorieuse. D'ailleurs les respects du Comte y couurent si bien ses dédains, que ses fautes semblent estre vertueuses. Sa fin nous plaist toute tragique qu'elle est, pource qu'elle nous surprend aussi bien que luy, & qu'il meurt apres qu'on luy a donné la vie.

Quoy que tout ce que i'ay dit iusques icy, soit plustost fondé sur la verité que sur ma simple opinion, i'ajoûteray neantmoins que L'EDOVARD estant la derniere piece de cét Autheur me semble la plus acheuée. Nôtre Theatre n'a iamais paru plus parfaitement Royal qu'à cette occasion, ny plus triste sans causer de sinistres euenemens. Pour bien iuger de cét ouurage, il ne faut que le regarder en quatre faces, en son sujet & en sa disposition, en sa catastrophe & en sa representation. Ie comprends sous ces quatre chefs limitez, des perfections veritablement infinies. Quand ie ne dirois autre chose pour loüer la matiere de cette belle Tragedie, sinon qu'elle est prise de la vie d'vn des plus grãds Monarques que l'Angleterre ait iamais porté, ie croirois assez persuader qu'elle est toute magnifique. Mais si l'on considere qu'outre la Majesté du sujet, les euenemens y sont tous extraordinaires, nous iugerons que celuy qui l'a choisi n'a pas eu moins de bonheur que de iugement. Cette Histoire semble vn charme qui nous rauit, quand nous voyons vn Roy qui deuient esclaue de sa sujette; vn Pere qui confirme sa fille en ses bonnes resolutions en faisant semblant de l'en destourner; vne Dame qui est soupçonnée d'estre cruelle enuers son Roy, pource qu'elle est trop fidele à son honneur. En vn mot, quand nous considerons vn Prince doux & irrité, craintif & asseuré, qui menace de mort vne femme à laquelle il se donne pour recompense. La disposition correspond à la beauté de l'inuention, les passions ont de beaux commencemens, & de tresbonnes issuës. Vn Roy consulte son honneur auant que de suiure son amour, le deuoir est plustost regardé que l'inclination. On met des empeschemens à la passion pour mieux faire paroistre sa resistance. Les finesses sont subtilement tramées, mais elles sont bien découuertes, les Acteurs sont en aussi grande suspension que les Spectateurs. Les parties de cét ouurage sont si bien iointes l'vne à l'autre, qu'elles font vn diuin accord, quoy qu'elles semblent estre contraires. Au reste, les personnages y parlent tousiours conformément à leur condition. Vn Prince fait l'Amant & le souuerain, le fils & l'independant. Vne Reine fait la jalouse & la condescendante, la sincere & la fine, la douce & la furieuse. Vn homme d'Estat obeït au Roy sans offencer son sang qu'il attaque, il fait le Pere & le Politique, le Conseiller & celuy qui dissuade. Vne femme sollicitée de son honneur, respecte la personne d'vn Roy dont elle méprise les affections. Elle se resout à mourir à la Couronne pour ne viure qu'à son deuoir, & conserue son thresor en voulant perdre sa vie. Par tout le langage est masle sans estre rude, & où il est doux il n'est iamais effeminé. Les saillies neantmoins y surpassent les paroles, les mysteres ne se peuuent pas exprimer. La Catastrophe à mon auis, n'est pas moins agreable qu'elle est illustre. On y voit toutes les extremitez qu'ont les plus tragiques actions, & les plus doux démeslemens qu'on peut donner aux Comedies. Tant s'en faut qu'elle ensanglante le Theatre, qu'au contraire, il n'y a pas seulement vn recit de sang ny de mort, & neantmoins on n'attend que quelque accident funeste, lors qu'on n'en voit qu'vn heureux. Vn Roy fait condamner celle qu'il épouse apres, celle qu'il nommoit sa meurtriere est incontinent sa chere moitié. Il trouue de l'innocence où il soupçonnoit du crime, le poignard qui luy faisoit peur luy frappe doucement le cœur pour aimer plus ardemment vne Chasteté inuincible. Nous sortons donc de peine par cette agreable metamorphose, qui change les tourmens en plaisirs, & les auersions en nopces & en amour. Finissons ces reflexions par la decoration du Theatre, qui paroist d'autant plus beau dans cette piece qu'il n'est chargé que des personnages qui la composent. La substance mesme de l'action fait toutes les beautez de la Scene, & l'Autheur trouue en la forme de son ouurage, ce que plusieurs autres cherchent en des idées estrangeres de Perspectiue. Tout est maiestueux en ces apparitions Royales, les entrées & les sorties sont si regulieres, que nous n'estimerions pas la veuë d'vn Prince s'il ne nous l'ostoit bien à propos, ny les beautez d'vne Dame si elle ne nous les cachoit pour exciter nôtre desir par vn si doux interualle.

Ie n'ay garde de toucher à ces vnitez qu'on affecte tant, pource que l'Autheur estant Maistre en cét art, n'a eu garde de faillir entre ce qu'il apprend aux autres par exemple & par precepte. L'vnité d'action y est fort bien obseruée; puis que tout concourt à la fin des amours du Roy, qui d'illicites qu'elles estoient au commencement deuiennent en fin legitimes. Il n'y a point là d'Episodes destachez, pour remplir vn Theatre d'Acteurs inutiles, & qui ne paroissent vne fois que pour ne paroistre plus. L'vnité de lieu est bien estroitement gardée en vn sujet dont l'Histoire se peut toute passer dans l'enceinte d'vn Palais, & qui ne comprend en substance que des transports de haine & d'amour. Il n'y a point icy de combats affectez; on n'y combat que cœur à cœur, & on y cache plus les armes qu'on ne les monstre. La reigle des vingt & quatre heures ne peut pas estre choquée, où le iour naturel semble obserué. Vous diriez que cette Histoire arriue toute à la fois en toutes ses circonstances, tant l'Autheur nous la represente agreablement sans nous lasser où nous faire trop attendre. Mais ie ne veux pas discourir dauantage sur vn sujet si connu, les belles choses se produisent assez par le charactere de leur excellence. Ce que i'en ay dit est plustost vn effet de mon zele que de ma temerité, & fait plustost voir mon admiration que les loüanges d'vn autre. I'estime neantmoins que mon opinion sera approuuée, pource qu'elle est legitime, & que ceux qui y trouueront à redire ne me blasmeront que de n'auoir pas assez hautement parlé de ce qu'ils estiment autãt que moy.

On s'estonnera sans doute de ce que pour donner ouuerture à mon ouurage, ie louë ceux d'vn autre Autheur, & mesle mes defauts auecque ses perfections. I'ay à respondre là dessus, que i'ay voulu mettre vne belle teste à vn chetif corps, & releuer par la gloire d'autruy la bassesse de mon liure. Si faut-il neantmoins dire quelque chose en faueur de mon Poëme, afin de faire agréer mes vers par vn peu de Prose, & couurir en quelque façon mes fautes en les auoüant solemnellement. Crispe donc va paroistre dans la France apres tant d'illustres Morts que les viuans ont admirez; son innocence est assez recommandable, mesme parmy les pechez de l'art qui la represente. Cette Tragedie cede à toutes les autres pour la beauté de la forme, mais elle en esgale plusieurs pour la Majesté du sujet; La Chasteté n'est pas moins venerable que l'amour, & les combats qu'vn homme fait pour resister aux caresses d'vne femme, ne sont pas moins glorieux que ceux qui visent à fleschir sa cruauté. En vn mot, la Vertu est tousiours plus prisable que le vice. Or deuant que de parler plus auant de mon dessein, il faut que i'estale mon sujet, & que ie décriue briefuement l'Histoire qui luy sert de fonds pour mieux descouurir ce que i'y ay adiousté de mon inuention pour la rendre plus dramatique.

Vn ancien disoit fort bien, que souuent vn homme qui prend deux femmes se marie mal vne fois, pource qu'il fait vne marastre aux premiers enfans s'il fait vne mere aux autres. Constantin qui en vertu de ses heroïques actions fut surnommé Grand par vn éloge encor trop petit eu égard à ses merites, quoy qu'il semblast iouïr de toutes les prosperitez, se ressentit néantmoins de ce malheur. Il se maria en premieres nopces à vne Dame aussi habile que vertueuse, appellée Mineruine, dont il eust deux iumeaux, Crispe & Helene, en qui la terre se pouuoit vanter d'auoir produit deux Soleils, le Ciel n'en ayant qu'vn seul. Les graces & les vertus sembloient croistre auec ces deux beaux rejettons du sang Imperial, & ils ne pouuoient apparemment receuoir aucun déchet que par trop de perfection. Mineruine estant decedée, Helene mere de Constantin éleua ses enfans dans le Christianisme aussi bien que dans toute sorte de gentillesse, & l'Empereur qui n'auoit encore que des desseins pour embrasser nôtre Religion, épousa vne Payenne. C'estoit Fauste fille de Maximien, persecuteur de l'Eglise, dont l'autre deuoit estre le protecteur. Femme à la verité aussi belle que la Venus qu'elle adoroit, mais d'ailleurs plus impudique. Elle aimoit bien au commencement Constantin comme son époux, mais elle commença de regarder son fils Crispe de meilleur œil, & ne se contentant pas d'estre sa marastre, elle desiroit estre son amante. Neantmoins comme elle cachoit subtilement son feu deshonneste sous la couleur d'vne vraye affection de Mere, & que dans les diuers transports de son cœur, elle fut long temps à s'emporter iusques à l'impudence manifeste, toute la Cour estoit fort satisfaite de ses inclinations enuers Crispe, & Constantin luy sçauoit gré sans y penser de son infidelité. Ses mauuais desseins passoient pour des effets d'vn bon naturel, & Crispe mesme s'imaginant que les priuautez de Fauste n'estoient pas dangereuses comme celles d'vne estrangere, appelloit faueur des tesmoignages d'vne fureur déreglée, & bienseance des excez de la deshonnesteté. Il changea bien d'auis quand Fauste changea de façons de faire, & que des poursuites d'amour qu'elle luy faisoit couuertement elle vint aux euidentes. Ce Prince quoy qu'interdit des discours de cette megere, trouue pourtant des paroles pour les blasmer, & de la force pour resister à ses violentes caresses. Elle le presse, il ne fleschit point, elle le prie, il la menace, elle l'adore, il la mesprise, elle enrage, il s'irrite, elle s'excuse pour l'accuser plus finement, il se retire de la Cour pour ne la pas rendre tout a fait inexcusable.

Cette retraite du fils donna de violens soupçons au pere, & comme les Grands s'imaginent qu'ils viuent tousiours trop à l'opinion de leurs heritiers, il appelle d'abord complot ce qui n'estoit que respect & zele pour son seruice. Là dessus Fauste qui n'auoit pû rendre Crispe coupable auec elle, vient l'accuser de tous ses mauuais desirs, & pource qu'elle n'auoit pû forcer la pudicité de ce Prince, il le charge d'auoir voulu attenter violemment sur son honneur. Et comme elle estoit aussi dissimulée que malicieuse, ioignant les pleurs à ses plaintes, & des suspensions à ses discours; elle persuade à ce pere trop credule, que l'innocence estoit attainte d'vn tel crime, & que la malice estoit innocente. Constantin sans examiner dauantage vne affaire qui tournoit à son deshonneur comme à celuy de son fils, & qui alloit mettre sa maison en desolation, & tout l'Empire en desordre, cõmande à son Confident de faire mourir celuy à qui il auoit donné la vie. Cét Agent fait tout ce qu'il peut pour n'auoir pas cette commission, ou en suspendre l'effet, mais il ne peut pas disposer à sa volonté des intentions de son Maistre, & comme il se voit menacé de perdre son credit si Crispe ne perd le iour, il s'en va pour executer l'ordre de l'Empereur auec autant de regret que de promptitude. Crispe le voyant arriuer, luy fait des caresses sans songer au mal qu'il luy venoit faire, & dans vn festin où ce Ministre l'inuite, on luy sert des aprests de mort parmy la ioye du banquet. Vn venin fort penetrant fait en vn moment éclipser ce beau Soleil, sans que les assistans sçachent la cause d'vn si malheureux effet; on peut voir neantmoins dans la douceur que ses yeux gardent mesme dans l'agonie, que Crispe mourant l'innocence meurt. Les nouuelles en estant portées en Cour, elle deuient plus triste & muette qu'vne sombre solitude, & quoy qu'on iustifie cette action violente par la volonté & puissance de l'Empereur, on ne laisse pas de la iuger punissable. Les deux Helenes n'ont plus de vie apres le decés de Crispe. Constantin mesme regrette celuy qu'il croit encore coupable, & voudroit mourir à l'instant pour pouuoir le re-

suściter;

susciter ! Que l'innocence à de force dans la foiblesse ! on peut calomnier la vertu pour vn temps, mais aprés ses calomniateurs deuiennent ses Panegyristes. La Cour estant dans cette rumeur, Fauste vient la tirer de peine en s'y mettant volontairement, & soit que la verité soit tousiours plus forte que l'artifice & le mensonge, ou qu'en fin quelque spectre l'effraye & l'oblige à descharger l'innocent ; elle vient confesser son propre crime, & auoüer la vertu de Crispe. C'est là que l'Empereur blâme sa credulité, & qu'il la nomme folie. C'est maintenant qu'il se iuge malheureux, voyant qu'ayant perdu son fils, il luy faut perdre sa femme. La peut-il excuser sans peché puis qu'elle est coupable, & qu'il n'a pas voulu garantir Crispe de la mort qu'il n'auoit pas meritée ? Il commande qu'on la noye dans le bain pour lauer vn si noir forfait, & prenant le deüil pour le decés de son fils, toute sa Cour se resioüit de celuy de Fauste. Voila en peu de mots la substance de cette tragique action, qui montre où peut aller le soupçon d'vn pere mal informé, & la fureur d'vne Marastre desesperée.

On peut voir cette histoire plus au long dans les Autheurs qui ont escrit la vie de Constantin auec plus de sincerité que de complaisance. Ceux qui n'en ont osé parler de peur d'offencer la gloire du Protecteur de la foy, n'ont pas consideré que l'Histoire est vn miroir qui represente indifferemment les vices & les vertus, & que de couurir les defauts pour mettre au iour les perfections, c'est plustost estre flatteur que tesmoin de l'antiquité. Outre qu'il faut considerer que Constantin n'auoit pas encore esté baptisé que par desir, quand il se laissa emporter à cette foiblesse ; & apres tout, la iustice & l'amour de la chasteté, semblent auoir part à sa faute aussi bien qu'vne credulité vn peu trop seuere. Au reste, i'ay reduit cette suite d'euenemens dans les limites du Poëme Dramatique, & si on y trouue quelque occurrence nouuelle dont les Historiens ne fassent pas de mention, il faut regarder que c'est vn Poëte qui fait cette narration, & c'est à tort qu'il doit feindre suiuant son art, mesme dans les Tragedies, s'il les trouue toutes faites. Il suffit que ce qu'il ajoûte à la deposition des autres, ne les contredise point en la substance des choses, & soit plustost vn enrichissement du fonds, qu'vne Fable du tout hors d'œuure. Quand il s'esloigne du vray, il doit suiure le vray semblable. Ainsi l'on trouuera dans cette piece quelques Episodes qui semblent d'abord vn peu destachez, mais qui neantmoins ont beaucoup de liaison auec tout le corps, & se rapportent au sujet, si ce n'est pas de droit fil, pour le moins indirectement, pour rendre la Scene plus agreable & plus honneste tout ensemble. Cette confidence entre Crispe & Procle est fort naturelle, puis que personne n'est sans amy; & cette concurrence d'affections de Fauste & d'Adelaïde, causent de petits nœuds dont le desliement donne vne peine au Lecteur, qu'il recherche en toutes les pieces de Theatre. Que si dans toute cette Tragedie i'ay meslé encore d'autres intrigues d'amour outre celles qui en font proprement le corps, ç'a esté pour adoucir la seuerité des euenemens funestes, & resioüir vn peu ceux que ie dois faire pleurer. Et puis Crispe pour estre innocent, & pour refuser les offres d'vne affection illegitime, ne laisse pas de pouuoir estre amoureux raisonnablement; comme il y a de vicieuses amours, il y a de vertueuses inclinations, & Dieu auroit fait grand tord à nôtre nature, de luy donner vne passion qui la rendit tousiours criminelle.

I'ay fait parler Helene en saincte sur le Theatre, pource qu'elle l'estoit en effet, & que ce n'est pas vn peché de rendre vne Poësie plus Chrestienne que profane. Ie sçay bien qu'il ne faut pas mesler temerairement la Religion auecque la Comedie; mais i'estime d'ailleurs que les Poëtes ne sont pas dispensez de la probité, & que les vers qui ont autresfois seruy à declarer les plus grands mysteres des Payens, ne doiuent pas estre employez de nos iours, à trauailler seulement pour l'idolatrie de nos amours. On remarquera que i'ay fait dire à Constantin le secret de son dessein à son principal Ministre, quoy qu'on die communément qu'il le luy dissimula; mais ie l'ay fait à escient pour excuser la precipitation de ce iugement, qui estant vn peu concerté semble estre plus raisonnable, & le subjet participant à la faute semble amoindrir celle du Maistre. Et puis tous les sages Princes ont eu des amis du cœur à qui ils proposoient leurs desseins aussi franchement qu'à eux-mesmes, & souuent pour auoir esté trop secrets en particulier, les Grands se sont perdus en public. Si vn bon Conseiller est necessaire à toute sorte de gens, il l'est bien dauantage à ceux qui font les affaires de tout le monde, & qui ne sont esleuez par dessus les autres hommes que pour mieux pouruoir à leur bien. Pour quelques reigles particulieres qu'on suit aujourd'huy auec autant d'adresse que de raison, elles ne seront pas icy parfaitement obseruées, mais aussi ne les choqueray-ie pas manifestement. Le Theatre sur tout n'y est pas fort bien entendu, pource que i'ay plustost fait cette piece pour me donner du contentement, que pour luy donner des applaudiſſemens d'vne repreſentation magnifique. De ſorte que ſi elle reçoit de l'approbation, c'eſt contre mon intention & mon eſperance. Outre qu'ayant produit cét ouurage à la campagne, où ie ne voyois ny Poëtes ny Comedies, ie ne pouuois pas faire vn chef-d'œuure de Cour. L'vnité de temps & de lieu ſemble icy plus reguliere, veu que toute l'Hiſtoire ſe paſſe à Rome, & que la mort de Criſpe arriuée prés de la Ville, eſt pluſtoſt racontée que miſe en veuë; d'ailleurs, il n'y a rien parmy tant d'incidens diuers, qui ſans contrainte & ſans eſlargiſſement, n'ait pû ſe paſſer en vingt-quatre heures. La bien-ſeance qui doit regner principalement en des Poëmes ſerieux, eſt ſuffiſamment gardée preſque en toutes les parties de celuy-cy; comme les douces paſſions n'y ſont iamais molles ou diſſoluës, les autres qui ſont plus impetueuſes ne ſont iamais déreiglées que par meſure.

Pour les penſées, i'ay creu qu'elles ſeroient aſſez belles, ſi elles eſtoient plus naturelles que recherchées, & ſi les pointes venoient pluſtoſt de la promptitude que de la quinteſſence de mon eſprit. Les paroles n'eſtant que les images de l'ame, tiendront moins de l'affetterie que de la naïueté, & comme parlant François, ie ne voudrois pas eſtre barbare, ie ne veux pas auſſi eſpuiſer tous les ſecrets des Grammairiens pour faire de mauuais Poëmes. Outre que ie ne ſuis pas né dans ces heureuſes Prouinces, qui font ſuccer à leurs nourriſſons le bien parler auec le laict; i'eſtime que de pointiller ſur des mots, c'eſt vouloir dire vn peu trop agreablement, ne pouuant dire de bonnes choſes. Ce n'eſt pas qu'il ne faille infiniment eſtimer ceux qui pour obliger la France, taſchent de polir ſa langue, mais ie veux dire ſeulement que les Poëtes ne doiuent pas moins regarder leur ſujet que l'elocution. En fin i'auouë que cette piece venant de moy, ne peut pas eſtre ſans vne infinité de fautes, mais ie défie le plus hardy Critique de l'art de m'y monſtrer tant de défauts, que ie n'en y reconnoiſſe dauantage. Ce n'eſt pas à dire que ie croye pouuoir pecher impunément faiſant des fautes par deſſein; mais c'eſt que la Poëſie eſt ſi delicate, que i'eſtime qu'vn bon Poëte eſt plus difficile à trouuer qu'vn bon Orateur, & neantmoins celuy qui a eſté le vray exemplaire de l'Eloquence, dit, que iamais homme n'a pû reüſſir excellemment en ſa profeſſion. I'ay encore à dire là deſſus, que les commencemens ne peuuent pas eſtre parfaits, on n'arriue pas au bout de la lice ſi toſt qu'on entre dans la carriere, on ne peut pas faire des coups de Maiſtre ſans auoir fait aucun eſſay. Ces Meſſieurs qui ſont auiourd'huy les miracles en matiere de Poëſie, ont autresfois fait des pieces qui n'eſtoient pas extraordinaires, s'ils ſe ſurpaſſent maintenant, ils demeuroient autresfois au deſſous d'eux-meſmes; ils auoüent qu'ils ont eſté ieunes deuant que d'arriuer à vne parfaite maturité. Ils ſont donc trop equitables pour exiger de nous, que nous volions d'abord ſans auoir iamais perdu terre, & que nous les eſgalions abſolument, ayant aſſez de peine à les imiter. Nous ne pouuons pas faire les chef-d'œuures pour voir ſeulement qu'ils en font, ny gagner en vn mois des auantages qu'ils n'ont obtenus qu'apres de longues années. L'HONNESTE FILLE encore qui voit le iour auec l'INNOCENT MALHEVREVX, me peut ſeruir d'excuſe aſſez legitime, ſi i'ay eu plus de ſoin de repreſenter les beautez d'vne fille que d'vn homme. I'auoüe que cette Princeſſe a tellement occupé tout mon eſprit, qu'à peine ay-je pû ſonger à ce Prince, & le bon-heur de celle-là, m'a eſté plus conſiderable que le malheur de celuy-cy. En vn mot, i'ay cru que Criſpe ne ſeroit iamais mal venu eſtant en ſi bonne compagnie, & que ſon infortune l'auoit grandement obligé, de luy auoir fait changer la Cour de Rome à la nôtre. Et quand ce rencontre ne ſeroit pas vn beau pretexte pour colorer mon deſſein, l'amour qu'à vn pere pour ſes enfans, quelques laids qu'ils ſoient, authoriſe touſiours le zele qu'il a de les faire voir en public. Cette Tragedie eſt vne de mes premieres productions, ie l'aime quoy que ie ne l'eſtime pas, ie la donne au Lecteur, non pas croyant auoir bien fait, mais pour luy promettre de faire mieux. Et certes, ſi l'approbation commune donne à mon ouurage le merite qu'il n'a pas, i'eſpere donner à quelque autre la perfection qui manque à celuy-cy, & faire voir que ne pouuant eſgaler perſonne, ie puis me ſurpaſſer moy-meſme.

Ie connois bien que la longueur de cette Proſe ennuyera les curieux autant que mes vers, mais puis que i'ay fait vne faute pour me teſmoigner publiquement defectueux, i'en veux faire vne autre pour declarer ma ſincerité. I'auerty donc le Lecteur, qu'vn Italien nommé Stephonius, à tauaillé en Latin ſur le ſujet que ie manie en François, & que la curioſité qui dés mon bas âge m'a porté à voir les Liures modernes auſſi bien que la pluſpart des anciens, m'a fait lire autresfois, & eſtimer ſon ouurage. Ie puis dire neantmoins, que les notions qui m'en reſtent dans l'eſprit ſont ſi confuſes, que ie n'ay pû m'en ſeruir diſtinctement, & que ſi nous nous ſommes rencontrez, ou dans l'inuention, ou dans la conduite, ç'a esté plustost à l'auenture que par dessein. Et par là ie puis respondre à ceux qui diroient que le sujet que ie traitte estant de mauuais exemple, n'est pas bon pour le Theatre, car outre que la punition y suit le crime, suiuant les reigles; cette Tragedie a esté representée deuant plusieurs Cardinaux, & en vn païs où les crimes enormes semblent estre aussi communs qu'ils semblent rares ailleurs. L'Hippolyte de Seneque est pareillement vn chef-d'œuure sur lequel on peut tirer l'idée de toute sorte de beaux ouurages tragiques, & la conformité de son sujet auec le mien, peut auoir produit en plusieurs endroits de la ressemblance en la forme. Quoy qu'il en soit, ie ne l'ay pas voulu lire de nouueau en composant cette piece, & s'il y a quelques traits pareils, ie suis bien aise d'estre disciple d'vn si grand Maistre, & de suiure au moins de loin celuy que ie voudrois approcher. En fin puis qu'il n'y a rien sous le Soleil que le monde n'ait iadis veu, il n'est pas defendu de dire de vieilles choses, de trauailler de mesme façon sur mesme matiere, & de chercher quelque thresor dans les mines que d'autres nous ont descouuertes. Tant s'en faut que ie me rebutte d'estre imitateur des grands hommes des autres siecles; qu'au contraire, ie suy volontiers l'exemple des modernes s'il est bon, & comme ie mesprise le dire des ignorans, ie feray tousiours estat de la censure des Doctes. Ie finis cette Preface par le tiltre de mon Liure, & dis, que si i'appelle Crispe, L'INNOCENT MALHEVREVX, ce n'est pas que ie croye que ce soit estre malheureux que d'estre innocent, veu qu'il n'y a point de vray bonheur que dans l'innocence. Mais ie veux dire seulement, que comme nous croyons que les bons sont bien souuent malheureux en cette vie, pource que Dieu les y laisse souffrir pour leur donner ailleurs le comble des contentemens; ainsi Crispe a du malheur en ce monde, veu qu'au lieu d'y receuoir les recompences de la vertu, il n'y reçoit apparemment que les châtimens du vice. Ie prie le Lecteur de supporter la faute que ie viens de faire en l'ennuyāt par cette ouuerture, & de se representer qu'il estoit autresfois permis aux mauuais Peintres, de monstrer par escrit leur dessein quand il ne pouuoit pas paroistre dans leur tableau. Ils disoient qu'ils auoient peint vn homme quand on ne le sçauoit pas distinguer d'auec vn bœuf; On ne peut iustement refuser à la peinture Parlante, vn droit qu'on donnoit à la Muette.

A MONSIEVR DE GRENAILLE, Sur le ſujet de ſon Innocent Malheureux, ou la mort de Criſpe.

SONNET.

LIſant dans tes écrits la fâcheuſe pourſuite,
Que Fauſte fait ſouffrir à ce Prince Innocẽt,
Ie crains bien que l'effort d'vn charme ſi puiſſant
N'eſbranle la vertu de ton chaſte Hippolyte.

Mais d'autre part auſſi voyant comme il euite
Les infames attraits de cét amour preſſant,
Ie ſuis rauy de voir qu'elle meſme reſſent
La beauté de ſon fils bien moins que ſon merite.

Ton Liure fait des coups dont le contrepoiſon
Rend aux eſprits bleſſez ſoudain la gueriſon,
Le remede preuaut au mal le plus extréme:
Fauſte auec ton langage euſt pû faire broncher
La meſme chaſteté; mais l'impudence meſme,
Si Criſpe euſt dit tes vers n'euſt ſceu iamais pecher.

P. L. P.

Au mesme.

Sur le tiltre de son Innocent Malheureux.

LE tiltre d'vn si bel ouurage
Semble détruire tout le corps,
Crispe trouuant son auantage
A se voir mettre au rend des morts.

Il est vray que l'amour infame
De Fauste l'a mis au tombeau,
Mais quand elle maudit sa flamme,
Elle nous le produit plus beau.

Aujourd'huy sur nôtre Theatre
Il reuit auec tant d'honneur,
Que la rigueur de sa Mar[illegible]e
Luy peut tenir lieu de bonheur.

DE LA TOVR.

Au mesme.

CRISPE n'eust iamais creu guerir
De ce mal, dont la calomnie
S'attendoit à faire pourrir
Ses os auec ignominie,
Mais si le voit-on refleurir
Par la force de ton Genie.

Si tu promets de secourir
Tous ceux dont la gloire rauie,
Indigne pourtant de perir
Sentira le feu de l'enuie;
Tout le monde voudra mourir
Sur l'espoir d'vne telle vie.

P. L. P.

Au mesme.

GRENAILLE, cét ouurage est beau
Qui fait viure dans le tombeau
Vn Prince que l'amour fit mourir par la haine;
Et Crispe ayant oüy tes vers,
Quelque innocent qu'il soit, est aise de la peine
Qui le fait renommer dedans tout l'Vniuers.

PISIEUX.

Au mesme.

Sur sa Tragedie dediée à Monseigneur le Vicomte de POMPADOVR.

STANCES.

QVel des deux a le plus d'honneur?
Ou Crispe qui mourant triomphe de l'enuie,
Ou l'Autheur qui luy fait rencontrer son bonheur
Parmy les malheurs de sa vie?

C'est ce Vicomte Genereux
Qui doit en ce rencontre emporter l'auantage,
Puis que Crispe & l'Autheur ne semblent estre heureux
Que pour luy venir rendre hommage.

Pour voir vn si Diuin Soleil,
Crispe est fort satisfait de reuoir la lumiere,
Et Fauste asseurément, s'il luy monstroit son œil,
Changeroit sa flamme premiere.

Ce Seigneur a des qualitez
Que Crispe mesme doit iuger incomparables,
Et si ce Prince auoit moins de camalitez,
Nous les croirions tous deux semblables.

Mais ils different doublement,
Car si Crispe reçoit de l'honneur dans ce Liure,
Ce Vicomte au contraire en fait tout l'ornement,
Permettant au Mort de reuiure.

A Vzerche ce 1. Septembre 1639.

GRENAILLE, frere de l'Autheur.

Au mesme.

CEtte Marastre dangereuse
Reüssit mal dans son projet,
Puis qu'elle se rend malheureuse
Haïssant Crispe sans sujet.

Tant qu'elle choque l'innocence
Peut-elle auoir de la vertu?
C'est doncques vne recompence
Que de s'en voir bien combattu.

D'auoir pû meriter sa haine,
C'est estre au comble du bonheur,
Veu qu'elle ne semble estre humaine
Que pour faire perdre l'honneur.

Son intime, DE VAVDRICHARD.

LES ACTEVRS.

CONSTANTIN Empereur.

FAVSTE seconde femme de l'Empereur, Marastre de Crispe.

HELENE mere de l'Empereur.

CRISPE fils de l'Empereur, & de Mineruine sa premiere femme.

HELENE sœur iumelle de Crispe.

PROCLE, Prince de l'Empire, amy de Crispe, & amoureux de la ieune Helene.

ADELAIDE, Princesse, confidente de l'Imperatrice, & amoureuse de Crispe.

ARTABAN premier Ministre de l'Empereur.

EMILE, Gentilhomme Romain.

FLAVIE
HYCARIE } suiuantes.

La Scene est à Rome.

Argument du premier Acte.

SCENE PREMIERE.

Constantin se réjoüit de l'heureuse fin de toutes ses entreprises, qui doit neantmoins estre vn commencement de malheur pour sa maison ; la paix du dehors va causer la guerre au dedans.

SCENE II.

Emile vient donner auis à l'Empereur, qu'vn Prince de ses sujets s'est reuolté contre luy. Il prend resolution de rompre ce qui ne veut pas plier.

SCENE III.

Helene mere de Constantin, sçachant bien le pouuoir qu'à Crispe sur l'Esprit de l'Imperatrice, auertit ce Prince de complaire en tout à Fauste, afin de luy faire agréer les bons desseins que son espoux a conceus pour la Religion.

SCENE IV.

L'Imperatrice sous pretexte d'aider les amours de Procle, s'informe de celles de Crispe, & charge ce confident de disposer son amy à correspondre aux affections de la plus grande Dame de l'Empire.

SCENE V.

Elle auouë en secret ce qu'elle cachoit en public, & se veut persuader qu'vn amour illegitime est raisonnable.

SCENE VI.

La ieune Helene la vient auertir du dessein qu'on a pris d'éloigner Crispe par vne Charge specieuse ; elles en prennent vn autre d'en empescher l'execution.

SCENE VII.

Adelaïde s'informe du sujet de l'éloignement de Crispe, & maudit en suite son esperance qui ne l'a flattée que pour l'affliger.

L'HON-

L'INNOCENT MALHEVREVX, OV LA MORT DE CRISPE.

ACTE PREMIER.

SCENE PREMIERE.

CONSTANTIN. ARTABAN.

CONSTANTIN.

CE repos me plaist bien qui vient de mes trauaux,
Ie n'ay plus d'ennemis, n'ayant plus de Riuaux;
I'ay destruit ces Tyrans qui pensoient tout destruire,
Et gagné tout d'vn coup la Victoire & l'Empire.

Mais ce n'est qu'à ce bras que ie dois cet honneur,
La Fortune n'a point de part à mon bon-heur;
Ce qu'on nomme Faueur, n'est que ma recompense,
Et le Ciel seulement seconde ma vaillance.

ARTABAN.

Nul ne peut desirer plus de prosperitez,
Mais vous en auez moins que vous n'en meritez;
De toutes neantmoins la plus considerable
Est que cet heureux sort n'a rien de variable;
Cette guerre nous cause vne eternelle Paix;
Et vainquant vne fois, vous vainquez pour iamais.
Rome, & tous ses Estats mettent leur auantage
Non plus à commander, mais à vous faire hommage.
D'ailleurs l'Imperatrice agit si prudemment,
Que deux partis diuers n'ont qu'vn seul mouuement,
Vos enfans de deux lits la tiennent pour leur mere,
Et dans leur difference, ils n'ont rien de contraire.
Mais Crispe à son aduis vous representant mieux,
Comme il est le plus grand, est plus cher à ses yeux.

CONSTANTIN.

Aussi l'vnique bien que mon ame desire,
C'est de voir ma maison en paix comme l'Empire,
Vn Prince peut tomber, quand le dernier Appuy
Qui le doit soûtenir, s'éleue contre luy.

Il arriue souuent qu'vn double mariage
S'il prouient de l'amour, produit bien de la rage;
Et c'est vn grand malheur quand on voit des parens,
Qui se traitent bien moins en amis qu'en tyrans.
Mais Fauste aymant mon fils autant qu'il la reuere,
Constantin desormais ne peut qu'estre heureux pere;
Il ne peut au dehors craindre aucun Ennemy,
Se voyant au dedans puissamment affermy. Emile entre.

SCENE II.

CONSTANTIN. ARTABAN.
EMILE.

CONSTANTIN

EMile que dis-tu?

EMILE.

Qu'vne de vos Prouinces
D'vn de vos Lieutenans a fait vn de ses Princes;
Sur le bord du Danube vn peuple reuolté,
Veut opposer sa force à vôtre Majesté,
Il arme puissamment pour attaquer l'Empire.

CONSTANTIN.

Il me faut trauailler mesme quand ie respire;
Ie m'ennuyois déja de me voir en repos,
La peine & la sueur me rendent plus dispos,

Ce peuple ſouleué ne deſire combatre,
Que pour auoir l'honneur que ie ſonge à l'abatre,
Ie me vay diſpoſer à domter ſon orgueil,
Et ſa vaine grandeur ſera ſon vray cercueil.

ARTABAN.

Voſtre fils doit gagner cette belle Couronne.

CONSTANTIN.

Aſſemblez le Conſeil auant que i'en ordonne.

SCENE III.

HELENE mere de l'Empereur. CRISPE.

HELENE.

C'Eſt vn objet bien rare à mes yeux de te voir;

CRISPE.

Ie choque mon deſir autant que mon deuoir,
Ie m'accuſe, Madame, entendant vôtre plainte;
Mais ie ne peché point agiſſant par contrainte:
Car Fauſte me retient ſi long temps pres de ſoy,
Qu'il ne m'en reſte plus ny pour vous ny pour moy.

HELENE.

Ie t'excuſe en effet, & ne me plains pas d'elle,
C'eſt la Foy ſeulement qui la trouue rebelle;

Son esprit, & son corps sont parfaits à ce point,
Que s'ils pouuoient changer, ils ne le seroient point.
Mais ces excellens dons ne sont que dommageables,
Si la Religion ne les rend venerables;
Tasche doncques, mon fils, de luy gagner le cœur,
Afin que par tes soins Dieu mesme en soit vainqueur.
Tu luy dois témoigner de la reconnoissance,
Et ne luy peux donner que cette recompense.
T'aimant comme elle fait, elle aura mesmes vœux,
Et voudra receuoir la Foy, si tu le veux.
Croy que ton accortise aura beaucoup de force;
Qui resiste à l'effort, par fois cede à l'amorce.
Suis auecque grand soin ses moindres sentimens,
Et qu'en tout ses humeurs reglent tes mouuemens;
Il te la faut gagner par de si bons offices,
Qu'en fin tous tes aduis soient toutes ses delices.

CRISPE.

Il le faut auoüer, elle m'oblige tant,
Qu'à peine l'Empereur en sçauroit faire autant;
Elle n'est pas marastre, elle m'est plus que Mere;
Tout son plaisir consiste à me pouuoir complaire;
Mais ie puis bien aussi l'obliger à mon tour,
En luy donnant la Foy pour prix de son amour.
Ie vois vn naturel si haut & si sensible,

Que de tous les grands biens il paroist susceptible;
Et l'on peut bien iuger par ses affections,
Que la mesme vertu forme ses passions.

HELENE.

L'Empereur agira puissamment enuers elle,
Son pouuoir neantmoins a besoin de ton zele;
Puis donc que nous auons mesme dessein que luy,
Pour l'acheuer bien tost, commençons auiourd'huy.

SCENE IV.

FAVSTE. FLAVIE. PROCLE.

FAVSTE.

PRocle, ne te feins point; c'est de la ieune Helene
Que ton ame reçoit & sa joye, & sa peine:
N'en fais pas vn secret, tout le monde le dit;
Ton cœur a de l'amour, mais i'ay bien du credit;
Et secondant tes vœux, i'entreprendray l'affaire,
Si comme tu cheris ie te connois sincere.

PROCLE.

Madame, dés qu'on sent l'ardeur d'vn si grand feu,
Pour bien couuert qu'il soit, il paroist quelque peu,
I'ay caché iusqu'icy le transport de mon ame,

Apprehendant qu'il eust moins d'effet, que de blâme;
Mais ie ne crains plus rien ayant vn tel secours,
Et tousiours vous verrez mon cœur dans mes discours.

FAVSTE.

Descouure moy si Crispe aime quelque Princesse,
Et si faisant le froid, il n'a point de Maistresse?
Il n'est pas sans amour, ayant tant de beauté,
Ny toy sans le sçauoir dedans la priuauté;

PROCLE.

Ie sçay bien ses desirs; mais toutefois, Madame,
Dans vne belle humeur, il est du tout sans flame:
Ouy son ame est sans feu quand Mars ne l'esmeut pas:
Et Venus luy déplaist, bien qu'il ait ses appas.
Tous ses ressentimens ne sont que pour vous mesme,
Ie l'honore, dit-il, bien plus qu'elle ne m'aime;
Que mon pere est heureux possedant vn objet,
Qui derechef luy rend tout le monde sujet!
Puis que dans tous mes biens sa grandeur s'interesse,
Il faut que tous mes vœux soient pour cette Princesse;
Il m'entretient ainsi de vos perfections,
Qui font tous ses respects, & ses affections.

FAVSTE.

Ce discours me plaist bien, & ce Prince m'oblige,
Mais croy qu'en m'obligeant, neantmoins il m'afflige;

Son Amour me ſeroit plus cher que ſon reſpect,
L'vn me ſoulageroit, où l'autre m'eſt ſuſpect;
Ces grands abaiſſemens qu'on voit en des perſonnes,
Couurent plus ſeurement les deſirs des Couronnes;
Le veritable hommage eſt rendu par le cœur,
S'il a moins d'apparence, il a plus de douceur.

PROCLE.

Madame, il vous cherit comme ſa propre mere.

FAVSTE.

Ie voudrois qu'il m'aimât à l'eſgal de ſon pere.

PROCLE.

Madame, aſſeurez vous qu'il ne luy peut ceder,
Qu'au ſeul droict qu'vn eſpoux a de vous poſſeder.

FAVSTE.

Ie priſe ſon amour qui m'eſt ſi deſirable,
Mais quand il eſt plus franc, il eſt plus agreable;
Qu'il ſoit moins ſerieux conuerſant auec moy,
Et ſi i'ay du pouuoir, ie luy fais cette loy.
Qu'il ne regarde pas l'eſclat d'vn Diadéme,
Voyant le feu d'vn cœur qui l'adore, & qui l'aime;
Quel danger trouue-t'il dans la proximité,
D'auoir moins de reſerue, & plus de liberté?

PROCLE.

PROCLE.

Si vous ne voyez pas ſon ame toute nuë,
C'eſt que ſa paßion cede à ſa retenuë.

FAVSTE.

Cette vertu viſible a beaucoup de pouuoir,
Mais n'a iamais de droit qui s'oppoſe au deuoir.
Au reſte va t'en dire à ce Prince adorable,
Qu'il eſt autant aimé comme il peut eſtre aimable;
Ajouſte de ma part qu'vne Dame auiourd'huy
Dans vn bon entretien m'a fort parlé de luy;
Qu'elle eſt de noble ſang autant que ie puis l'eſtre,
Qu'on voit la Beauté meſme, en la voyant pareſtre,
Que la Vaillance en fin doit ceder à l'Amour,
La peine eſt pour le Camp, le plaiſir pour la Cour.

PROCLE.

C'eſt vôtre Confidente, on a fort parlé d'elle,

FAVSTE.

Non; mais ie vois par là qu'elle m'eſt infidele;
Ayme-t'elle ſi haut?

PROCLE.

Vous ſçauez ſon ſecret;

FAVSTE.

Puis qu'elle me le cache, il doit eſtre indiſcret;
Celle dont ie parlois eſt de meilleure race,

Elle a bien moins d'orgueil, mais elle a plus de grace;
S'il la pouuoit aymer, il me feroit plaisir,
Car mes vœux sont de voir accomplir son desir.

PROCLE.

Madame, si son cœur mes discours ne rejette,
Vous serez obeïe, & l'autre satisfaite. Procle se retire.

FAVSTE.

Flauie, tu sçais bien où visoit ce discours,
Spurine adorant Crispe implore mon secours,
Va la donc auertir, sans parler d'autre chose;
Que i'agis puissamment, & qu'elle se repose. Flauie se retire.

SCENE V.

FAVSTE seule.

QVI pourroit croire que c'est moy
Que la perfection de Crispe desespere?
I'aime plus ce Fils que son Pere?
Le Droict me le defend, l'Amour m'en fait la loy,
Injuste Droict, suis-ie blasmable
D'aimer plus en effet l'objet le plus aimable?

La Nature ne le veut pas;
C'est elle neantmoins qui m'en donne l'enuie;

Elle m'oste, & me rend la vie,
Me faisant trop aymer & craindre ses appas;
Doux sang que tu sembles barbare,
Nous vnissant tous deux d'vn nœud qui nous separe!

Crispe, que n'es-tu plustost né?
Ou pourquoy naissois-tu pour m'empescher de viure?
Ie te dois fuir, ie te dois suiure;
Si l'vn m'est defendu, l'autre m'est ordonné;
Donc si mon feu te semble infame,
Accuse tes beautez aussi bien que ma flame;

Taschons pourtant de le cherir
Non pas comme vn époux, mais comme son image;
S'il est beau, ie dois estre sage,
Et pour vouloir aimer, faut-il vouloir perir?
D'ailleurs, l'Image estant plus belle,
Dois-ie auoir, ô mes yeux, vn moindre amour pour elle?

Fauste est marastre seulement,
Elle peut donc l'aimer autrement qu'vne mere,
S'il est la moitié de son Pere,
En l'aimant, ie cheris mon époux doublement;
Quoy donc? luy seray-ie infidele,
Si pour le mieux aimer, ie redouble mon zele?

Mais c'est trahir vn Empereur,
Pour seruir vn Tyran qui n'est qu'abominable;
Au pere pourray-ie estre aymable,
Et le fils me peut-il cherir que dans l'horreur?
Mon cœur tien ta flamme couuerte,
Voulant en gagner deux, ie ferois double perte.

C'est le Conseil de la raison,
Mais mon aueuglement n'en peut pas voir la force;
Le deuoir m'est moins que l'amorce;
Et cherissant mon mal ie hais ma guerison:
I'ay de l'amour, i'ay de la honte,
L'vne me fait rougir, mais l'autre me surmonte.

Tous les Dieux pour m'encourager
Sans offenser les Loix, font de ces alliances;
Loin de toutes ces differences
Frere & sœur, mere & fils s'espousent sans danger.
Pour moy ie n'ayme pas de frere,
Et ne poursuis qu'vn fils dont ie ne suis pas mere,

Quel remede aura cet Amour
Si ie n'en puis parler, & ne puis pas m'en taire?
Il m'empesche d'estre sincere,
Et me doit étouffer s'il n'est produit au iour;

Que Crispe l'apprenne luy mesme,
Et se voyant aimé qu'il me tuë, ou qu'il m'aime.

SCENE VI.

FAVSTE. HELENE fille de l'Empereur.

HELENE.

M*Adame, l'Empereur éloigne de nos yeux,*
Ce Prince qui faisoit & sa gloire, & nos vœux;

FAVSTE.

Est-il disgracié?

HELENE.

Sa grande renommée
La fait choisir d'abord pour conduire l'armée;

FAVSTE.

Ie crains beaucoup pour luy; le sort est dangereux,
Mais souuent aux plus grands il est plus malheureux;
Et Crispe le veut-il?

HELENE.

Comme il aime la gloire,
Il fuit tous les plaisirs pour suiure la victoire.

FAVSTE.

On croit vaincre souuent que l'on se voit vaincu,

Et par fois les plus forts n'ont pas le plus vescu;
Si Crispe est genereux, la mort porte des armes,
Qui n'espargnent non plus, la valeur que les charmes;
Donc pour l'en preseruer il le faut retenir;
On recherche vn malheur qu'on tarde à preuenir.

HELENE.

L'Empereur là dessus n'escoute point sa mere;
Madame, c'est en vain qu'elle a fait sa priere;
Mais vous estant son cœur, & reglant ses desirs,
De grace conformez son ordre à nos plaisirs.

FAVSTE.

Ie m'y veux employer, l'affaire est importante,
Et mon ressentiment la fait iuger pressante.

SCENE VII.

ARTABAN. ADELAÏDE.

ADELAÏDE.

IE sçay que l'Empereur vous a dit son dessein;
Il ne s'esclorra pas s'il n'est que dans mon sein.
Est-il vray que son fils doit quitter sa presence,
Et qu'vn si doux sujet sort par la violence?

Ce Prince a-t'il peché pour estre ainsi banny,
Et n'a-t'il de renom que pour estre terny?

ARTABAN.

C'est pour mieux l'honorer que l'Empereur l'enuoye;
Vous faites vos douleurs de ce qui fait sa ioye.
Vn Grand doit souhaiter de prendre ses esbats,
Moins dedans vne Cour, que parmy les Combats;
Choquant l'amour d'vn fils pour aider son courage,
Vn pere si vaillant se monstre aussi fort sage.

ADELAÏDE.

Mais que fera la Cour sans vn si beau Soleil,
Et qu'y peut-on plus voir s'il nous cache son œil?
Ce Prince estoit le Dieu des Seigneurs & des Dames,
Et d'éloigner son corps, c'est leur rauir leurs ames.

ARTABAN.

La mollesse n'est pas bonne pour vn Vainqueur,
Qui ne doit trouuer rien de doux que la rigueur,
Madame, il vaut bien mieux n'estre aimé de personne,
Que de gagner vn cœur, & perdre vne Couronne.

ADELAÏDE.

Il a vaincu tousiours quand il a combatu,

ARTABAN.

Ces autres bons succés excitent sa vertu;

ADELAÏDE.

Il peut perdre du sang faisant vn grand carnage.

ARTABAN.

Le mal qui vous fait peur augmente son courage.

ADELAÏDE.

Trop de cœur quelquefois nous fait perdre le iour;

ARTABAN.

Souuent on perd l'honneur, quand on a trop d'amour.

ADELAÏDE.

Il doit doncques partir?

ARTABAN.

L'affaire est resoluë,

L'Empereur veut qu'il vainque;

ADELAÏDE.

Et ie crains qu'on le tuë.

N'est-il point de moyen, Monsieur, de l'empescher?

ARTABAN.

Esperez mieux de luy puis qu'il vous est si cher;
Quel droit peut reuoquer cette belle ordonnance
Que la Iustice a faite auecque la Puissance?

ADELAÏDE.

Si i'auois du credit i'en suspendrois l'effet;

ARTABAN.

Cette faueur rendroit Crispe mal satisfait.

ADELAÏDE.

ADELAÏDE.

Chacun eſt bien content qu'on ait ſoin de ſa vie ;

ARTABAN.

La vaillance reſiſte à cette laſche enuie.
Mettez vôtre repos à plaire à l'Empereur. Artaban ſe retire.

ADELAÏDE ſeule.

Le funeſte repos qui me met en fureur!
Que i'auois tort d'aimer vn ſujet trop aimable,
Qui m'afflige pluſtoſt qu'il ne m'eſt fauorable?
Ie le perds en effet ſans l'auoir poſſedé ;
Et tout mon bien conſiſte à l'auoir regardé.
Qu'on tombe bien ſouuent penſant toucher le faiſte,
Et qu'vn grand calme attire vne grande tempeſte!
Allons le ſalüer pour mon dernier deuoir,
Mes yeux voyez-le encor, ne le deuant plus voir.

Fin du premier Acte.

Argument du second Acte.

SCENE I.

Constantin donne l'épée de General d'Armée à son fils, auec ordre de mourir ou de vaincre; Crispe la prend, & témoigne que ses resolutions ont preuenu les desirs de son pere.

SCENE II.

Fauste se plaint à Constantin de ce qu'éloignant Crispe de la Cour il esbranle l'appuy de l'Empire, & empesche ce ieune Prince d'aller aux occasions d'honneur, pour auoir plus de loisir de l'aimer.

SCENE III.

Crispe croyant estre sur son depart, afflige autant sa grand'mere Helene en luy disant Adieu, qu'il se réjoüit de sa nouuelle charge.

SCENE IV.

Ils changent tous deux de ressentiment, lors qu'Artaban vient arrester Crispe au poinct qu'il auoit ordre de marcher. Crispe s'en irrite sans pecher contre le respect.

SCENE V.

La ieune Helene & la Princesse Adelaïde, se conjouïssent sur cet arrest, qu'elles estiment heureux, & qui sera la cause des infortunes de Crispe.

SCENE VI.

Fauste aprend de Procle que Crispe n'aime que les armes, & ne haït que les plaisirs.

SCENE VII.

Adelaïde vient implorer le secours de Fauste pour gagner le cœur de Crispe, ne prenant pas garde qu'elle prie sa Riuale de luy ceder,

SCENE VIII.

Crispe auoüe en fin qu'il cede à l'amour ce qu'il auoit dissimulé, & que de Conquerant il deuient seruiteur d'vne Princesse.

ACTE SECOND.

SCENE PREMIERE.

CONSTANTIN tenant l'espée pour la donner à son fils.
CRISPE. Deux Gardes de l'Empereur.

CONSTANTIN.

SOuuiens-toy bien, mon fils, des exploits de ton pere;
Constantin a bien fait, mais Crispe doit mieux faire;
Tu dois estre Empereur me deuant succeder,
Et si i'acquiers du bien tu le dois posseder;
Mais ie veux que suiuant les traces de ma vie,
Tu merites l'Empire en dépit de l'enuie:
Car vn grade d'honneur qu'on n'a pas merité,
Est plustost vn affront qu'vn poinct de dignité.
N'apporte pas ta teste, ou porte vne Couronne,
Pour l'auoir sans faillir, hazarde ta personne;
Prens cette épée en main, cet acier tout-puissant;
Pour auoir son esclat doit estre rougissant;
Les Barbares ont fait vne esmeute nouuelle,
Va faire voir ta force où la Gloire t'appelle.

CRISPE.

Pour faire vaillamment il me faut commencer
A suiure vn Conquerant qu'on ne peut deuancer;
Mais ie n'ay point de peine à prodiguer ma vie,
Si c'est mon vray bon-heur, comme c'est mon enuie.
La Cour ne m'est plus rien quand ie songe aux combats:
Et ie crains seulement qu'on ne me choque pas;
Il m'ennuie à present de tenir cette épée,
Car ie la vois briller, l'aimant mieux voir trempée.

Crispe se retire, & Fauste entre d'vn autre costé.

SCENE II.

CONSTANTIN. FAVSTE. FLAVIE suiuante.

FAVSTE.

VOus perdez donc vn fils pour gagner de l'honneur?
Vn malheur recherché vous rauit ce bon-heur?
Mes enfans sont petits, les trauaux de la guerre
Vous éleuant au ciel, vous courbent vers la terre;
Et si Crispe nous vient à manquer auiourd'huy,
L'Empire est en danger de faillir auec luy;
N'ayant point d'ennemis vous allumez des guerres?
Et dans la paix de l'air excitez des tonnerres?

CONSTANTIN.

Ne vous offensez pas qu'il subisse vne Loy,
Qui luy sera tousiours commune auecque moy?
Viura-t'il dans la paix? i'ay vécu dans la peine,
Pour m'asseoir sur le thrône on m'a mis à la géne:
Ma vie pour le moins estoit d'aussi grand prix,
Le prisez-vous, Madame, auecque mon mespris?

FAVSTE.

Monseigneur n'a non plus de Riual que de Maistre,
Et Crispe prés de vous ne me semble rien estre;
Toutefois si le ciel vous eust fait Empereur,
Vous causant beaucoup plus de plaisir que d'horreur.
I'eusse mieux aimé voir couronner vôtre teste
Dans la tranquillité que parmy la tempeste,
Ainsi donc les Tyrans estans tous abbatus,
Tout le monde adorant ou craignant vos Vertus,
Laissez Crispe à la Cour

CONSTANTIN.

Pour aimer les alarmes,
Il faut haïr, Madame, vn lieu si plein de charmes;
La Cour peut ramollir la plus mâle vigueur,
Vous l'aimez Courtisan, & ie l'aime Vainqueur.
Et puis quiconque veut se garder de surprise,
Doit mesme dans la paix faire quelque entreprise:

Sans auoir d'ennemis, on doit porter le fer,
Ou l'on peut se voir vaincre, ayant pû trionpher.
Mais ie viens maintenant d'aprendre des nouuelles,
Qu'vn Prince assujetty s'est fait chef des rebelles;
Puis donc qu'il se soûleue, il le faut abaisser;
Ma douceur l'aigrissant, mon fils le doit forcer.

FAVSTE.

Vous auez d'autres chefs pour conduire l'armée.

CONSTANTIN.

Mais Crispe doit luy seul faire sa renommée;

FAVSTE.

Ie frissonne d'horreur à vous l'oüir nommer,

CONSTANTIN.

S'il se fait tant cherir, qu'il se fasse estimer.

FAVSTE.

Il est assez prisé, tout le monde l'adore,

CONSTANTIN.

Et cette charge aussi fait voir que ie l'honore.

FAVSTE.

Mais s'il meurt à la guerre?

CONSTANTIN.

Il mourra dans l'honneur,

FAVSTE.

Vous serez malheureux,

CONSTANTIN.

Il aura du bonheur.

FAVSTE.

Dans toute ſa Faueur ie crains quelque diſgrace,
Si quelqu'autre ne va commander en ſa place.

CONSTANTIN.

Tout le mal que ie crains, c'eſt qu'eſtant à la Cour
Il ſoûmette à la fin ſa grandeur à l'Amour;

FAVSTE.

Il n'en eſt pas touché,

CONSTANTIN.

Ne le peut-il pas eſtre?

FAVSTE.

Il n'a point de Maiſtreſſe,

CONSTANTIN.

Elle n'eſt pas à naiſtre.

FAVSTE.

Il n'en aime pas vne.

CONSTANTIN.

Au moins eſt-il aimé.

FAVSTE.

Et quel ſeroit le cœur qui n'en ſeroit charmé!
Mais encor, Monſeigneur, le nom de ſon Amante?

CONSTANTIN.

Elle eſt de voſtre Cour,

FAVSTE.

Oüy, c'eſt ma Confidente;
Elle a de grands deſſeins, mais ce diſcours à part,

Crispe me fait beaucoup souffrir par son départ;
Qu'on prenne mes enfans, que le vôtre demeure,
Ma vie finira s'il arriue qu'il meure.
Voyez comme mes yeux preuenant ses malheurs,
Quoy qu'il ne souffre rien, iettent desia des pleurs;
Et ne serois-ie pas du tout inconsolable,
Si parmy nos bonheurs il estoit miserable?
Si ie l'estime tant, c'est qu'estant pres de nous
En voyant vôtre fils, ie croy voir mon espoux.

CONSTANTIN.

Contre ma volonté, ie le donne à vos larmes;
Qu'il viue pres de vous éloigné des alarmes.
Ayez soin neantmoins qu'il garde sa vigueur,
Et que d'autre que vous ne possede son cœur.

FAVSTE.

En cela comme en tout ie vous seray fidele,
Vôtre précaution s'accordant à mon zele,
Ma Confidente mesme, & remarquez ce poinct,
Sans voir choquer son feu, ne le cherira point.

FAVSTE seule à costé.

Mon cœur estoit pressé, mais ie sens qu'il respire,
Dans ma ioye pourtant ie rencontre vn martyre.
La guerre pour ce Prince à perdu son ardeur,
Mais ie crains d'autre part qu'il ait trop de froideur.

O Mars!

O Mars! si ta Venus à pû t'estre agreable,
Et si pour la cherir tu t'és rendu traitable;
Change en flammes d'amour le feu de sa fureur,
Et qu'il aime l'amorce & haïsse l'horreur.

SCENE III.

HELENE mere de l'Empereur. CRISPE. EMILE.

HELENE.

PVis qu'en fin mon Amour doit ceder à ta gloire,
Puisses-tu me quittant rencontrer la Victoire!
A te voir seulement on voudra t'obeïr,
Il faut ne s'aimer pas pour te pouuoir haïr,
Tant de belles Vertus & des attraits si rares
Changeront en douceur l'humeur de ces Barbares.

CRISPE.

Ce n'est pas mon dessein non plus que mon desir,
Recherchant du trauail, de trouuer du plaisir;
Qu'ils se defendent bien, ie n'aime de conqueste
Que celle que i'obtiens au peril de ma teste.
Adieu Madame,

HELENE.

Adieu.

SCENE IV.

HELENE mere de Constantin. CRISPE. ARTABAN.

ARTABAN.

Seigneur, ne partez pas ;
La Cour arreste en fin vos desseins & vos pas.
L'Empereur a changé sa premiere Ordonnance.

CRISPE.

C'est doncques sans effet que i'ay de la puissance?
On me donne vne charge afin de me l'oster,
On me dit que ie marche expres pour m'arrester ;
Qui commande l'armée? est-il homme de marque ?
Ie suis fils d'Empereur quand il seroit Monarque ;
Vn pere a tout pouuoir sur ce qui m'appartient,
Mais non pas pour m'oster l'honneur qu'vn autre obtient.

ARTABAN.

L'Imperatrice mesme a rompu l'entreprise,

CRISPE.

Cette opposition doit estre vne surprise ;

ARTABAN.

Elle ne vous retient qu'afin qu'estant icy
Vous viuiez sans danger comme elle sans soucy.

CRISPE.

Vn illuſtre danger m'eſt touſiours ſouhaitable,
Comme vn plaiſir honteux ne m'eſt qu'abominable,
Elle ne deuroit pas acheter ſon bonheur
Au prix de mon tourment & de mon deshonneur.

ARTABAN.

L'Empereur reſiſtoit d'abord à ſa pourſuite,

CRISPE.

Et pour la rompre en fin, ie veux partir plus viſte.

ARTABAN.

Mais ſes larmes apres l'ont ſi fort combatu,
Que la foibleſſe en fin emporte la vertu.

CRISPE.

Vn Prince ne doit pas ſe ſoûmettre à ſa femme,
Ny pour la trop priſer mettre vn fils dans le blâme,
On dira que c'eſt moy qui charmé de la Cour
Ne ſçaurois ſans mourir, viure ailleurs vn ſeul iour;
Mon renom ſouffrira cette honteuſe tache,
Si i'eſtois genereux ie paſſeray pour laſche;
Bien loin d'eſtre vn grand Chef ie ſeray Courtiſan,
Et l'Amour ſans l'honneur ſera mon partiſan;
Ie vay tout de ce pas obtenir ma dépeſche,
Car il n'eſt pas ſeant qu'vne femme l'empeſche.

HELENE.

Croy que l'Imperatrice agit pour t'obliger,
Et la desobligeant tu nous vas affliger,
Reconnois en ce poinct l'amour qu'elle te porte,

CRISPE.

Qui me voudroit haïr m'aimeroit de la sorte,
Sa grandeur va tousiours sur ses contentemens,
Pourquoy n'auray-je pas les mesmes sentimens.

HELENE.

Vn pere ne doit pas trouuer vn fils rebelle,

CRISPE.

Je ne dois pas aussi n'obeïr que pour elle.

ARTABAN.

Vn honneur qu'on differe est encore asseuré,

CRISPE.

On nous éprouue encor quand il est differé.

HELENE.

Mon fils, tu dois priser l'amour d'vne marastre;

CRISPE.

Cet amour est trompeur puis qu'il est idolâtre.

SCENE IV.

HELENE fille de l'Empereur. ADELAÏDE.

HELENE.

IL ne s'en ira pas, appaisons nos douleurs,
La joye seulement doit auoir de nos pleurs.
Elle l'a retenu.

ADELAÏDE.

Que i'admire son zele,
Et que i'ay peine à croire vne douce nouuelle?

HELENE.

Elle le voit tousiours, & le veut tousiours voir,
Et n'a que pour luy seul de cœur ny de pouuoir;
En outre elle parloit de quelque mariage
A dessein d'arrester par l'amour son courage.

ADELAÏDE.

He Dieux! quelle Princesse auroit assez d'appas
Pour pouuoir arrester son cœur comme ses pas?

HELENE.

L'Imperatrice seule a pouuoir de luy plaire;

ADELAÏDE.

Mais il veut vne femme, & Fauste n'est que mere.

HELENE.

Elle doit luy choisir celle qu'il doit aimer;
Sondez bien ses secrets pour nous en informer. Helene se retire.

ADELAÏDE seule.

Et c'est là mon malheur d'estre sa Confidente,
Car ce nom me defend d'estre sa concurrente;
Si ie cheris ce Prince elle me peut haïr,
Croyant que mon amour ne tend qu'à la trahir.
Mais aussi n'aimer pas celuy qui me possede?
Il faut que pour ce poinct ma Princesse me cede,
Ou qu'elle m'abandonne, & que i'aye vn seul bien;
C'est d'estre toute à Crispe & de n'estre plus rien.
Et puis, elle ne peut s'opposer à ma flamme,
Qu'elle soit sa marastre, & ie seray sa femme;
Elle m'assistera bien loin de m'empescher,
Et m'en fera cherir, puis qu'elle le tient cher.
Qui pourroit-elle aider mieux que sa Confidente?
En me desobligeant seroit-elle obligeante?
I'estime que son cœur ne fait rien que pour moy,
Et qu'elle veut donner son beau Fils à ma Foy.

SCENE V.

FAVSTE. PROCLE. FLAVIE.

FAVSTE.

SOn cœur n'aime donc rien que l'horreur des alarmes!
Et met toute sa joye à rejetter les charmes?
L'estrange naturel qui fait ses déplaisirs
De toutes ces douceurs qui font tous les desirs.

PROCLE.

S'il peut s'en rencontrer vne qui vous égale,
Madame, il est content d'aimer vôtre Riuale,
Mais vous n'en ayant point, & n'en pouuant auoir,
Comment peut-il aimer ce qu'il ne peut pas voir?

FAVSTE.

Ces doux ressentimens, au moins comme ie pense,
Viennent bien moins de luy que de ta complaisance,
Tu penses m'abuser par ce bel entretien,
Et pour gagner mon cœur tu me donnes le sien,
Mais Procle, à mon humeur, croy que la flatterie
Tient moins lieu de plaisir que de supercherie.

PROCLE.

Madame, vous pourrez connoistre par effet

Que mon discours est vray comme il vous satisfait,
Procle s'abuseroit en trompant sa Princesse,
Car sa perte soudain puniroit sa finesse,
On surprend des Esprits indignes de respect,
Ie vous honore trop pour vous estre suspect;
Vous possedez ce fils beaucoup plus que son pere;

FAVSTE.

Il n'aura doncques pas de peine à me complaire;
Que si i'ay du pouuoir autant que tu m'as dit,
Et que sa volonté s'accorde à mon credit,
Ie luy veux faire aimer la merueille du monde,
Qui ne cede à pas vne, & n'a point de seconde,
Dans la Cour où ie suis on voit briller son œil,
Les astres sont autour, c'est l'vnique soleil,
Ie luy diray bien plus. Pour te parler d'Helene,
Ce qui lie ton cœur, tient le sien à la chaine,
Elle t'aime si fort depuis mon entretien
Qu'elle n'a point de vœu, Procle, qui ne soit tien.

PROCLE.

Crispe se reconnoit obligé dans moy mesme,
Madame, ayant receu cette faueur extreme.
Ie m'en vay publier l'effect d'vne bonté
Qui n'a rien de pareil sinon vôtre beauté. Procle se retire.

SCENE

SCENE VII.

FAVSTE. ADELAÏDE. FLAVIE.

ADELAÏDE.

Madame, ie ne puis plus cacher vn mystere,
Et vous me disant tout, ie ne vous dois rien taire;
Pour vous estre inconnu mon feu n'est pas honteux,
Mais c'est qu'allant bien haut l'effet en est douteux.

FAVSTE.

Le feu s'éleue fort en quel lieu qu'on le voye,
Parle pour voir changer toutes tes pleurs en ioye:
Va-t'en sçauoir, Flauie, où Crispe est si long-temps. Flauie se retire.

ADELAÏDE.

I'ayme vn grand de la Cour.

FAVSTE.

Tes vœux seront contens
Dy moy ses qualitez.

ADELAÏDE.

Il est incomparable,
Madame, il est vaillant plus qu'il n'est agreable.

FAVSTE.

Son nom?

E

ADELAÏDE.

Ses qualitez vous le font bien sçauoir,
On ne voit rien de grand que lors qu'on le peut voir.

FAVSTE.

C'est doncques l'Empereur.

ADELAÏDE.

Pour si haut que i'aspire,
Mes vœux sont au dessous du faiste de l'Empire.

FAVSTE.

C'est Crispe à mon aduis.

ADELAÏDE.

Ce beau nom me blessant
Fait voir le mal caché que mon ame ressent.

FAVSTE

Tu deuois donc plustost me declarer ta peine;

ADELAÏDE.

Ie pensois l'étouffer la croyant estre vaine,
Mais mon feu s'augmentant iusqu'à l'extremité
Peut-il estre excessif & sembler limité?
Ce Prince ne dépend que de vôtre puissance,
Vous faites son amour comme mon esperance;
Donc si vous desirez voir mon esprit guery,
Donnez-moy pour Amant ce noble Fauory.

FAVSTE.

Mes effets ont déja preuenu ta demande;

ADELAÏDE.

La faueur qu'on auance est tousiours la plus grande.

FAVSTE.

I'acheueray bien-tost ce que i'ay commencé,
Et ton feu par ta foy sera recompencé;
Souuiens-toy seulement que dans la confidence
Tu dois cacher ta flamme & monstrer ta prudence;
Presque toute la Cour a connu ton secret,
L'Amour pour s'asseurer doit paroître discret.

ADELAÏDE.

Bien qu'il soit malaisé, Madame, qu'vne Amante
Toute aueugle qu'elle est puisse estre fort prudente;
Ie tascheray pourtant de contraindre mes feux
Pour conformer tousiours mes desirs à vos vœux.

FAVSTE.

Maintenant pour pouuoir mieux auancer l'affaire,
Ie fais mes interests de ce qui t'a pû plaire,
Et ie vais trauailler à gagner cét Amant
Comme si ton supplice estoit mon vray tourment.

ADELAÏDE.

Peut-on assez priser vne telle Princesse?

FAVSTE.

L'effet t'étonnera bien plus que la promesse.

SCENE VIII.

CRISPE. PROCLE.

CRISPE.

PRocle, tu m'aymes bien, mais tu cheris ma sœur,
C'est aussi mon dessein de t'en voir possesseur;
Adelaïde aussi me semble si parfaite,
Qu'il me faut dans ma force auoüer ma défaite;
Ie ne semblois haïr que les contentemens,
Mais enfin ie me vois au nombre des Amans.

PROCLE.

Il n'est point de grandeur ny de beauté si rare
Qui me puisse toucher si ie vous la compare;
Et dans le beau dessein que i'ay de vous seruir,
Rien ne m'agrée ailleurs, bien loin de me rauir.
Ie ne crois pas pourtant que mon amour vous blesse
Quand vous prisant sur tout, i'honore vne Maistresse;
Il est vray qu'ayant veu qu'elle est de vôtre sang,
Vn Prince peut à peine aspirer à son rang;

Mais si mon cœur l'obtient de vous pour recompense,
Ie l'aymeray tousiours moins que vostre alliance:
Et quoy que cét Hymen nous rende bien-heureux,
C'est pour vous seulement qu'elle aura tous mes vœux.
Fauste au surplus vous doit parler de quelque Dame,

CRISPE.

Son discours me plaira s'il s'accorde à ma flamme;
Mais hors d'vn seul objet ie n'en sçaurois plus voir,
Et ce n'est mon humeur non plus que mon deuoir.

PROCLE.

Cette Marastre agit pour vous auec grand zele;

CRISPE.

Souuent plus il est grand plus il est infidele:
Mais pour voir les effets de tant de beaux desirs,
Et changer à la fin tous nos feux en plaisirs;
Va-t'en voir ma Princesse, & sans te mettre en peine,
Croy que me la gagnant tu gagneras Helene.

Fin du second Acte.

Argument du troisiesme Acte.

SCENE PREMIERE.

Fauste fait appeller Crispe pour luy declarer vn dessein qu'elle veut & ne peut cacher : Adelaïde sert à ce Ministere, & s'interesse pour Fauste, croyant que Fauste ne s'interesse que pour elle.

SCENE II.

Fauste ouure son cœur à Crispe par des termes couuerts, & puis dans vne impudence manifeste, ses poursuites neantmoins ne reçoiuent que des rebuts, enfin elle s'excuse pour accuser l'innocent.

SCENE III.

Fauste voyant son amour desesperé le conuertit tout en haine, & se resout à perdre dans la paix ce foudre de guerre qu'il auoit fait retenir.

SCENE IV.

Crispe resout auec Procle sa retraite de la Cour sans en donner de cause apparente que sa manifeste melancolie, il y ioint le bien de l'Estat & de la maison de son Pere.

SCENE V.

Constantin se rejoüit auec Artaban de la nouuelle qu'il a receuë de la cessation des troubles, & des sousmissions des rebelles.

SCENE VI.

Procle rendant raison de la retraite de Crispe, l'Empereur entre en soupçon quand l'autre l'en veut deliurer.

SCENE VII.

Fauste accuse en effet Crispe du crime qu'elle seule a voulu commettre, & fait semblant d'appaiser l'Empereur afin de l'aigrir dauantage contre son fils.

ACTE TROISIESME.

SCENE PREMIERE.

FAVSTE. ADELAÏDE.

FAVSTE.

VA dire à ton Amant que ie luy veux parler,
C'est pour te l'acquerir, & pour me consoler. Adelaïde se retire.
Si mon Espoux sçauoit les desseins de mon ame,
Le tiendroit-il pour fils, me tiendroit-il pour femme?
N'importe; ie ne puis resister à ces feux,
Et laissant mon deuoir il faut suiure mes vœux.
Mais déja la rougeur me monte sur la face,
Pour gracieux qu'il soit i'en crains quelque disgrace:
Il me doit rebutter, ne le ferois-ie pas
S'il auoit mon Amour, si i'auois ses appas?
Il faut tout hazarder, mon mal est trop sensible
Pour ne me porter pas à tenter l'impossible;

Crispe voyant l'excés de ma calamité
Ne s'étonnera pas de cette extremité. Crispe entre icy.

SCENE II.

FAVSTE. CRISPE.

Beau Crispe dont l'honneur & la grace est extréme,
Cher Prince qui n'as point d'ennemy qui ne t'aime;
Ie t'ay fait appeller voulant t'ouurir vn cœur
Lequel vainquant partout, te tient pour son vainqueur,
Crispe fait maintenant tous les vœux d'vne Dame,
Qui fait auecque moy méme corps & méme ame,
Elle m'égale en tout, si tu veux l'honorer,
Ou plustost la cherir, ie te veux adorer.

CRISPE.

Vous ne pretendez-pas à ce conte que i'aime,
Madame, s'il n'est rien de si grand que vous-méme.

FAVSTE.

Ie ne me picque pas qu'elle vsurpe mes droits,
Afin de meriter de viure sous tes loix.

CRISPE.

Si vous luy permettez de vous estre semblable,
Vous seule neantmoins me semblez adorable.

FAVSTE.

FAVSTE.

Quelque autre, à ce qu'on dit, t'oste la liberté?

CRISPE.

Mon cœur est bien attaint, mais non pas arresté;
Ie mesure mon feu pour des sujets que i'aime,
Mais mon Zele enuers vous paroist toujours extréme.

FAVSTE.

Fay-le moy doncques voir dans son extremité;

CRISPE.

Mon respect n'en peut voir qu'vn effet limité.

FAVSTE.

Quitte ce vain respect pour contenter ma flamme;

CRISPE.

Il me souuient toujours de qui vous estes femme.

FAVSTE.

Crispe n'est pas mon fils si l'autre est mon époux;
Fay donc ce que ie dy pour faire comme nous?

CRISPE.

Quoy?

FAVSTE.

Fay voir à mon cœur que ta flamme est extréme
Aimant ce bel objet qui semble estre moy-méme?

CRISPE.

C'est contraindre mon cœur que de luy faire aimer
Vn objet hors de vous qu'il ne peut estimer,
Si ie suis tout à vous pourrois-je estre à quelque autre,
Ou bien pretendez-vous que ie ne sois plus vôtre?
Ie sçay qu'Adelaïde a quantité d'attraits,
Et ie resiste mieux aux armes qu'à ses traits;
Mais si ie la cheris c'est comme vne Maistresse,
Et vous comme ma Mere, & comme ma Princesse;

FAVSTE.

Ie n'entens-pas parler de cette autre beauté,
Mais plustost de; Mon cœur n'a pas de liberté.

CRISPE.

Vous auez tout pouuoir bannissez toute crainte;

FAVSTE.

Te faisant ce discours tu fairas quelque plainte.

CRISPE.

Ie ne puis m'irriter de vos contentemens,
C'est vôtre déplaisir qui fait tous mes tourmens:

FAVSTE.

Adelaïde au prix, quoy que ma Confidente,
Méme à ton iugement ne sera que suiuante;

Enfin c'est le party le plus grand de ma Cour ;
Qui voyant tes respects recherche ton amour ;
Mais ton cœur estant pris ie ne te l'ose dire.

CRISPE.

Vous me pouuez toujours parler auec empire.

FAVSTE.

Tu le peux deuiner à me voir seulement.

CRISPE.

Madame, i'ay besoin d'vn autre truchement.

FAVSTE.

Ie crains de t'offenser te faisant vne grace,
Il faut que mon époux te cede vn peu sa place.

CRISPE.

Au lieu de luy rauir le premier de ces droits,
S'il estoit mon sujet ie le luy cederois ;
Madame, ie ne puis entendre ce langage,
Ne m'auantagez-pas à son desauantage.

FAVSTE.

Ne pense pas aussi que mon intention
Soit de voir l'Empereur dans la sujettion ;
S'il faut perdre l'honneur il faut que l'on me priue ;
Et c'est moy seulement qui veux estre captiue.

Enfin m'aimes-tu bien?

CRISPE.

Tout autant que ie peux,
Si c'est moins que ie dois, n'en blâmez pas mes vœux.

FAVSTE.

Donne m'en vne marque aussi douce que belle:

CRISPE.

Dites qu'elle vous peut estre la plus fidele.
Si vous me commandez d'affronter le trépas,
La vie m'est à charge auec tous ses appas;
I'immole à vos plaisirs toute ma renommée,
I'aime mieux vous seruir que commander l'armée:
Voulez-vous que iamais Crispe ne soit qu'à vous,
Et que pour vous seruir i'abhorre d'estre époux?

FAVSTE.

Ce n'est pas mon desir de contraindre tes flammes,
Si tu sers librement la plus grande des Dames;
Et sans prendre autrement le nom de son époux,
Ie voudrois qu'en effet tu luy fusses plus doux.

CRISPE.

L'Empereur seul a droit sur ce bonheur supréme,
Et le nom & l'effet doit estre pour vn méme.

FAVSTE.

Qu'il en garde le nom, & fais m'en voir l'effet ;

CRISPE.

Ce plaisir pretendu me rend mal satisfait.

FAVSTE.

Tu ne me promettois que pour tromper ma flamme ;

CRISPE.

Ie promettois en fils, vous demandez en femme.

FAVSTE.

Crispe n'est pas mon fils.

CRISPE.

Constantin m'a produit,

FAVSTE.

Et ie pretens par là prouigner ce beau fruit.

CRISPE.

Quoy? priser tant le fils pour mépriser le Pere?

FAVSTE.

C'est pour te plaire en tout, que ie veux luy déplaire.

CRISPE.

Madame, auec l'honneur vous perdez la raison ;

FAVSTE.

Les sentimens d'honneur ne sont pas de saison.

I'ay caché si long-temps que ie ne puis plus taire
Ce que tu croy forfait, & qui n'est que Mystere.

CRISPE.

Mais les plus inhumains ont d'autres sentimens!

FAVSTE.

C'est qu'ils n'ont iamais veu ces beaux lineamens.

CRISPE.

Vous voulez m'éprouuer.

FAVSTE.

Voy ce cœur que tu brûles!
Il n'est que trop sincere, approche, tu recules!

CRISPE.

Les Cieux peuuent-ils voir & souffrir ce dessein!

FAVSTE.

Ils peuuent bien souffrir ce Tyran dans mon sein.

CRISPE.

Dieu vangeur vous entend.

FAVSTE

Les Dieux sont mes exemples,
Les suiuant ie ne peux meriter que des Temples.
Iupiter n'a-t'il pas pour Epouse Iunon?
En elle femme & sœur ne font qu'vn méme nom,

Apres cela tu crois que ie serois infame,
Si Crispe me nommoit sa Marastre & sa femme,
Au contraire, ie croy que si c'est mon bonheur,
Comme on n'en peut douter, c'est mon plus grand hõneur.
Enfin les animaux ont-ils quelque auantage
Qu'on puisse nous ôter sans nous faire vn outrage?

CRISPE.

Certes vôtre sagesse est sans comparaison,
Puisque les animaux fondent vôtre raison;
Si vos Dieux estoient vrais, on verroit la tempeste
Pour vous guerir le cœur vous écraser la teste;
Mais vous n'auez de Dieux sinon ceux qui sont faux,
Et qui loin de punir approuuent vos defaux.
C'est Crispe qu'à bon droit Dieu iuge abominable,
Ayant permis ainsi qu'il vous parut aimable.
Ciel! tu m'as fait du bien pour me faire du mal,
Tu me fauorisois pour m'estre plus fatal;
Ie vois dans cét amour que tu m'auois en haine,
Puis-je rien esperer si ma grace est ma peine?
Foudroye maintenant ces deux chefs malheureux,
Que ton feu maintenant vienne esteindre ces feux;
Oüy ie suis criminel d'auoir causé sa flamme,
Et ce corps doit perir qui brûle ainsi son ame.

FAVSTE.

Croy que si mon époux me sembloit aussi beau
Ie ne t'aimerois pas.

CRISPE.

Si suis-je son tableau;

FAVSTE.

Mais il est moins parfait.

CRISPE.

Vostre poursuite est vaine,
Cét amour ne peut rien meriter que ma haine;
Ie vous dois resister si ie suis si parfait,
Et ma vertu ne peut approuuer ce forfait.

FAVSTE.

Prince par ces genoux que tu vois que i'adore,
Modere vn peu l'excés du feu qui me deuore;
Ou bien si ta froideur étouffe ton amour,
Sans prendre de mon feu fais moy perdre le iour.

CRISPE.

Demander vn tel crime auec de telles larmes!
Et pour perdre l'honneur employer tant de charmes!

FAVSTE.

Tu méprises mes vœux?

CRISPE.

CRISPE.

Les peut-on estimer?

FAVSTE.

Tu peux donc me haïr?

CRISPE.

Mais vous peut-on aimer?

FAVSTE.

Tu t'en repentiras.

CRISPE.

Iamais la repentance
Ne peut suiure que ceux qui commettent l'offence;

FAVSTE.

Si tu ne m'aimes pas garde toy de perir,

CRISPE.

Et si vous m'aimez, plus gardez vous de mourir.

FAVSTE.

Cruel! tu ne veux pas appointer ma requeste.

CRISPE.

Sans doute l'Empereur la doit trouuer honneste.

Crispe se retire, & Fauste fait semblant de le suiure.

FAVSTE à genoux.

Ie me rends au deuoir confessant que i'ay tort,
Et vois que mon amour a merité ma mort.

Prince pardonne moy, i'aurois eu moins de flamme
Si ton corps eust semblé moins parfait à mon ame ;
Ie prise ta vertu si ie plain mon malheur,
Mon plaisir pretendu fait ma vraye douleur ;
Ce crime apparemment passe pour execrable,
Mais trop d'affection le peut rendre excusable ;
Le forfait est fort beau quand on semble pecher
Pour tenir vn sujet trop aimable trop cher.

SCENE III.

FAVSTE seule.

DOnc l'aimant ie n'ay pû meriter que sa haine?
Et ie me vois en peine
Pour auoir eu dessein de luy faire plaisir?
Si deuant alleger il afflige mon ame,
Ie dois changer de flamme,
Et brûler de cholere & non plus de desir.

Cét ingrat me prisoit moins que ma Confidente,
Est-elle plus puissante?
Ou bien peut estre elle a de plus charmans appas?

Qu'il la nomme Venus aussi bien que sa Reine,
Ie suis leur souueraine,
Et qui ne m'aime point ne me merite pas.

Vn rebut ! faut-il pas pour cette grande offence
Vne grande vangeance?
Oüy, si Crispe jadis m'a fait mourir d'amour,
Ie veux que maintenant que ie suis inhumaine
Il meure par ma haine,
Et que perdant ma grace il perde aussi le iour.

Mais; s'il est vertueux le punir d'vn supplice
Qui n'est que pour le vice?
Il me faut regarder que ce fascheux refus
Vient de trop de respect non de manque de zele,
Et que s'il m'est rebelle,
C'est que m'obeïssant il se verroit confus.

Cesse de l'excuser raison trop importune,
Car il perd sa fortune
Perdant l'occasion d'vn si rare bienfait,
Comme deuant pour luy ma flamme estoit extréme

Ma haine est tout de méme,
Et ie pretends perir ou le perdre en effet.

Ie te plain neantmoins, Prince jadis aimable
Toujours incomparable,
Si tu te recognois ie te veux pardonner;
Mais en cas que toujours ta rigueur perseuere
Ie me rendray seuere,
La fureur & l'amour me semblant l'ordonner.

Tu ne m'as donc déplû que pour plaire à ton Pere,
Et tu le deuois faire;
Et moy pour me vanger d'vn si mortel affront,
Ie pretends que celuy qui t'a donné la vie
Te l'oste par enuie,
Et tout mon deshonneur s'en ira sur ton front.

SCENE IV.

CRISPE. PROCLE.

PROCLE.

Vous retirer, Monsieur, sans le dire à personne?
Ce projet vous rendra suspect à la Couronne.

CRISPE.

Ie voudrois auoir fait icy moins de discours,
Ie ne maudirois pas aujourd'huy mes amours.

PROCLE.

Vôtre amour n'a iamais esté que fort prospere.

CRISPE.

Pour l'auoir trop esté, Procle, il me desespere;
Mais, adieu, cher Amy.

PROCLE.

Quoy me celez vous rien?

CRISPE.

Ie te cache le mal pour te dire le bien.

PROCLE.

C'est n'aimer qu'à demy.

CRISPE.

Tu dois lire en mon ame ;
Mais de te dire tout ie ne le puis sans blâme.

PROCLE.

Vostre desir s'oppose aux vœux de l'Empereur;

CRISPE.

Bien loin de m'agréer sa Cour m'est en horreur,

PROCLE.

Fauste s'offencera, puisque son entremise
A fait rompre tantost vne méme entreprise.

CRISPE.

Elle ne m'arrestoit que pour ses interests,
Et pour eux, Procle, aussi, croy que ie disparais.
Auertis l'Empereur que son fils se retire
Pour l'heur de sa maison, comme de son Empire.

PROCLE.

Donc vous me delaissez ? non, Monsieur, ie vous suis,
Car comme à vos douceurs i'ay part à vos ennuis.

CRISPE.

Tu sçais que sans amy mon cœur ne sçauroit viure.

PROCLE.

Ce m'est plus que mourir que de ne vous pas suiure.

CRISPE.

Pour rendre neantmoins ce voyage asseuré,
Tu dois suiure la Cour quand ie la quitteray.

SCENE V.

CONSTANTIN. ARTABAN.

CONSTANTIN.

Les troubles ont cessé, mais ils peuuent renaistre,
Ce peuple m'est sujet, mais n'aime pas son Maistre.
Il me sert par caprice, & prend la liberté
De ne suiure mes loix que par sa volonté.
Nonobstant ses sermens il peut m'estre infidele;
Et la mort seulement conuertit vn rebelle:
Pour dompter l'Allemagne auec tous ses mutins,
Si mon credit est vain, employons les destins.
Faisons mourir tous ceux qui choquent mon Empire;
Méprisant ma douceur qu'ils éprouuent mon ire;
Et qu'en voyant leurs Chefs condamnez au trépas,
Qu'on aprenne que c'est de ne m'obeïr pas.

ARTABAN.

Où la clemence est foible, il faut estre seuere,
Il faut que tout perisse, ou bien qu'on vous reuere;
Mais regnant par amour on acquiert plus d'honneur,
Le Maistre & le sujet y trouuant leur bonheur.
Enuoyez quelque Prince en ces lieux qu'on peut craindre,
Il regira les cœurs, ou les pourra contraindre,
Et sans toucher au sang qu'il vous faut épargner
En se faisant bien craindre, il vous faira regner.

CONSTANTIN.

Cette charge est pour Crispe, il doit tenir ma place.
Tous en doiuent attendre, ou la mort, ou la grace. Procle entre.

SCENE VI.

CONSTANTIN. PROCLE. ARTABAN.

PROCLE.

Grand Prince, vôtre fils vient de se retirer.

CONSTANTIN.

Mais contre mon dessein on l'a fait demeurer.

PROCLE.

PROCLE.

C'est depuis deux momens.

CONSTANTIN.

Sans le dire à personne?

Leue moy les soupçons que son depart me donne.

PROCLE.

Il le fait, m'a-t'il dit, auec grande raison,

Pour le bien de l'Estat & de vôtre Maison.

CONSTANTIN.

Ce depart me plairoit, mais il semble vne fuite,

Et dans ma seureté i'en dois craindre la suite.

PROCLE.

Il vous est trop acquis pour vous estre suspect;

CONSTANTIN.

Procle, s'il a du zele; il n'a point de respect.

PROCLE.

L'effet vous en plairoit, dit-il, sçachant la cause;

CONSTANTIN.

C'estoit donc son deuoir d'en dire quelque chose.

PROCLE.

Vous le sçaurez toujours.

CONSTANTIN.

Mais il est à propos
De bien-tost le sçauoir pour auoir du repos:
A-t'il rien dit à Fausté.

PROCLE.

Il a craint sa poursuite,
Et pour ne la pas voir il est party plus viste.
Elle sçait son depart & non pas son secret,
Car s'il estoit sa joye, elle a bien du regret.

CONSTANTIN.

Connoissant tant son cœur tu sçais toute l'affaire,
Puis qu'il le faut sçauoir n'en fais pas vn Mystere.

PROCLE.

Grand Prince, ie n'ay pû luy faire ouurir le sein,
Il me faut comme à vous deuiner son dessein.

CONSTANTIN.

Si ie vois arriuer du mal de sa retraite,
Ie puis bien le punir & m'en prendre à ta teste;
Pour m'esclaircir du tout suis-le dés aujourd'huy,
Ne viens plus à la Cour où reuiens auec luy. Procle se retire.

ARTABAN.

On ne ſçauroit iamais auoir trop d'aſſeurance,
Et tel ſe voit trompé qui vit ſans défiance.

CONSTANTIN.

Sonde ſi dans la Ville on a ſceu ſon projet,
Et s'il eſt mécontent, quel en eſt le ſujet.

ARTABAN.

Ie vay tout de ce pas en ſçauoir des nouuelles.

CONSTANTIN.

Mon fils s'en iroit-il ſoûleuer nos rebelles?
Bien loin de me defendre il s'en va m'attaquer!
Mais il eſt trop bien né pour me vouloir chocquer.
Fauſte vous auiez tort d'arreſter ſon courage;
C'eſt qu'aimant ſon époux elle aime ſon image;
Mais qu'ay-je à craindre enfin? ſuis-je pas Empereur?
Vn fils me feroit-il redouter ſa fureur? L'Imperatrice entre.

SCENE VII.

CONSTANTIN, FAVSTE faiſant ſemblant de pleurer.

CONSTANTIN.

D'Où vient que ces beaux yeux qui ſont mon al-
legreſſe,
De riants qu'ils eſtoient, ſont couuerts de triſteſſe?

FAVSTE.

C'eſt pour vous, Monſeigneur, que découlent ſes pleurs,
Si i'auois moins d'amour, i'aurois moins de malheurs;
Toujours dans vôtre honneur mon bonheur s'intereſſe,
Et de le voir chocqué, c'eſt le mal qui me bleſſe.

CONSTANTIN.

Si vous le découuriez, ie le pourrois guerir;

FAVSTE.

Mais vous ne pourriez pas l'entendre ſans mourir,
Vôtre fils, ha! ce mot m'arreſte & me fait taire;

CONSTANTIN.

Mon fils s'eſt retiré, n'eſt-ce pas le myſtere?
Faut-il vous offencer, qu'il faſſe à ſon plaiſir,
Et ſuiuant ſon deuoir il ſuiue ſon deſir.

I'auois mesme dessein, mais vous l'auez fait rompre,
Quoy qu'il ait le cœur, la Cour l'eust pû corrompre.
Dans cét illustre feu que l'on voit dans ses yeux,
On reconnoit son Pere auec tous ses ayeux;
Mais estant trop aimé, comme il est trop aimable,
L'honneste alloit ceder son cœur à l'agreable;
Ne vous picquez donc pas s'il aime son honneur,
Et faites vos plaisirs de son propre bon-heur.

FAVSTE.

Son sejour me touchoit bien plus que sa retraite,
Ie deplore à present qu'il ne l'ait plustost faite;
Mais, vôtre fils à part, Grand Prince, mon regret
Ne se peut découurir, ny demeurer secret.

CONSTANTIN.

Madame, en me parlant vous parlez à vous mesme,

FAVSTE.

Et ie me tais, Seigneur, pource que ie vous aime,
Ie ne puis à present vous nommer mon époux,
Depuis qu'vn scelerat offence vn nom si doux;
Et ie veux à present vous estre si fidele,
Que mesme ma vertu vous semble criminelle:
C'est d'vn grand de la Cour que ie pleure l'erreur,
Non y participant, mais en ayant horreur.

CONSTANTIN.

Peut-on bien dans ma Cour faire de si grands crimes?

FAVSTE.

Les Grands croyent par fois les rendre legitimes.

CONSTANTIN.

Parlez plus franchement.

FAVSTE.

Grand Prince, ie le veux
Si vôtre sentiment est conforme à mes vœux;
Faites grace à celuy que vous sçaurez coupable,

CONSTANTIN.

I'y consens si son crime au moins en est capable.

FAVSTE.

Pour vous confesser tout, c'est bien vn grand delit
Que de vous offencer iusques sur vôtre lit;
On m'a sollicitée à vous estre infidele,
Ie serois sans honneur si i'eusse esté sans Zele;
Mais i'ay dit constamment nonobstant cét effort,
Que ie souffrirois moins cét affront que la mort.
Ie vous en donne auis.

CONSTANTIN.

Vous m'offencez, Madame,
Luy vouloir pardonner, c'est n'estre pas ma femme ;
Ie iure par le Dieu que ie sers de nouueau,
Qu'il mourra ce jourd'huy si ie n'entre au tombeau ;
Ha ! que c'est estre doux à des humeurs sauuages,
On flatte leurs excés en flattant leurs courages ;
C'est vn monstre inhumain qui conçoit de ces feux,
Mais s'ils luy semblent doux, ils luy seront affreux :
Et quiconque voudra differer son supplice,
Y participera comme estant son complice.
Vouloir fouler mon lit ? le lit de l'Empereur ?
C'est moins vn trait d'amour que d'extréme fureur ;
Et ne pretend-on pas m'oster le Diadéme,
Puis qu'on me veut rauir la moitié de moy-mesme ?
Ie cede volontiers mon thrône & mon pouuoir,
Car ie prise bien plus l'honneur de vous auoir.
L'affaire est importante à nous comme à l'Empire,
Pour oster tout le mal, Madame, il faut tout dire :
Le nom, la qualité de ce grand criminel,
Pour qui punir c'est peu qu'vn supplice eternel ?

FAVSTE.

Oserez-vous l'oüir si ie vous l'ose dire,
Ou punir vn méchant sans souffrir vn martyre?

CONSTANTIN.

Ie sçay que la iustice est aueugle en effet,
Mais sans voir la personne, elle voit le forfait.

FAVSTE.

Si l'Empire est taché de son ignominie?

CONSTANTIN.

Mon Empire ne peut voir sa gloire ternie.
S'il estoit de mon sang, ce que ie ne croy pas,
Ie l'épancherois tout, ie couperois mon bras.

FAVSTE.

C'est Crispe?

CONSTANTIN.

C'est! C'est Crispe! O funeste nouuelle?
Cieux? suis-je trop credule, ou m'est-elle infidele?
De ma femme aujourd'huy mon fils veut estre époux;
Que ne suis-je donc mort? que ne l'étouffez-vous?
Vn si grand criminel est exempt du supplice?
Ce Dieu qu'on croit si iuste a si peu de iustice?

Oüy

Oüy, c'est Crispe en effet, car ce n'est pas mon fils,
Ou le Ciel a puny la faute que ie fis;
Quand pour produire vn fils qui meritast l'Empire,
I'engendray seulement vn sujet à son ire.
Ou plustost en voyant ces signes apparens,
Ie dois croire en effet qu'il est fils des Tyrans;
S'il est mien, ie me vois dans quelque horrible offence,
Puis qu'vn monstre inhumain en a pris sa naissance.
Dieux! que vous ay-je fait! l'ay-je doncques produit!
Enfer ouure ton sein, brûle l'arbre & le fruit.

FAVSTE.

Grand Prince, ie ne puis supporter cét orage,
Qui rend des yeux si doux approchans de la rage;
S'il est vray que ce Prince ait commis ce forfait,
Mon refus a puny tout le mal qu'il a fait.
Comme en vôtre faueur i'aymois son auantage,
Ie luy parlois d'amour pour quelque mariage;
Il m'a dit là dessus que seule il m'honoroit,
Et s'il aimoit ailleurs que son cœur m'adoroit:
I'ay pris pour compliment ce trait de fantaisie,
Croyant dans m'a froideur qu'il fut sans frenesie,
Mais il m'a répondu qu'il seroit comme vous;
Et n'estant pas mon fils qu'il vouloit m'estre époux;

Mon rebut échauffoit sa premiere poursuite,
Et ie n'ay pû sauuer mon honneur qu'à la fuite.
I'ay debattu long temps si ie vous le dirois,
Pensant que du plaisir que ie vous causerois,
De me voir en effet épouse legitime,
Il naistroit du regret de voir d'ailleurs son crime;
Apres tout redoutant vn semblable attentat,
Et prisant mon honneur plus que tout vôtre Estat,
I'ay creu que ie deuois pour n'estre pas surprise,
Vous découurir icy toute son entreprise.
Ie croy qu'il se repent d'vn forfait plein d'horreur,
Sa raison ayant moins agy que sa fureur;
S'éloignant de la Cour il s'est puny luy-mesme,
Quoy qu'il vous ait fait tort, si faut-il que ie l'aime;
Ne le poursuiuez pas iusqu'à l'extremité,
Il n'a pas fait de mal, bien qu'il l'ait souhaitté,
C'est le crime d'vn fils, donc punissez-le en pere,
Et laissez l'impuny si vous me voulez plaire.

CONSTANTIN.

Vous auez trop d'amour pour ceux qu'il faut haïr,
Luy puis-je pardonner s'il a pû me trahir?
Sans que ce discours vient d'vn excés d'indulgence,
Ie vous croirois d'abord de son intelligence;

Apres vn tel affront appaiser mon courroux!
D'estre rude en ce poinct c'est encore estre doux;
Tu mourras, tu mourras, traistre, fils parricide,
Ie te seray cruel, puis que tu m'es perfide.

Fin du troisiesme Acte.

Argument du quatriesme Acte.

SCENE PREMIERE.

Artaban tâche de détourner Constantin de la resolution qu'il a prise de vanger l'honneur de sa femme par la mort de son fils, mais en fin la jalousie de mary l'emporte sur l'amour de pere.

SCENE II.

Artaban déplore le credit qu'il a, puis qu'il n'est dans la faueur que pour estre dans le crime. Il aime neantmoins mieux quitter la vertu que la Cour.

SCENE III.

Fauste continuë à rendre odieux celuy qu'elle n'a pû faire consentir à son amour detestable, & asseure Adelaïde que Crispe ne paye son feu que de mine & de froideur.

SCENE IV.

Helene mere de Constantin, vient excuser Crispe enuers Fauste sur la promptitude de son depart, & la prie d'adoucir le pere pour ſauuer le fils, elle promet de s'y employer pour mieux tromper les vns & les autres.

SCENE V.

Emile vient ſonder ſi l'Empereur a changé de reſolution, & n'en rapporte que la premiere réponſe.

SCENE VI.

Helene fille de l'Empereur, luy vient raconter vne forme de viſion qu'elle a euë ſur la mort de ſon frere; Conſtantin luy diſſimule ce qui en eſt, auec autant de regret que de conſtance.

SCENE VII.

Il a de la haïne & de l'amour pour ſon fils innocent, qu'il croit neantmoins coupable.

SCENE VIII.

Fauſte vient interceder pour Criſpe, auec Helene mere de l'Empereur, & en defendant l'innocence couure mieux ſa malice.

SCENE IX.

Procle ayant veu mourir ſon amy, ſe reſout de ne plus viure, que pour en porter les nouuelles à ſa Maiſtreſſe, & vanger vne ſi iniuſte mort.

SCENE X.

Il annonce cette funeſte auanture par vn ſilence affecté.

ACTE QVATRIESME.

SCENE PREMIERE.

CONSTANTIN. ARTABAN.

CONSTANTIN.

ARTABAN, c'est conclu, mais puis qu'il doit mourir,
Quels moyens prendrons-nous pour le faire perir?

ARTABAN.

Grand Prince, il ne faut pas auancer la vangeance,
Souuent elle ne suit que de trop prés l'offence.

CONSTANTIN.

Peut-on sans faire vn crime excuser ce forfait?

ARTABAN.

Non; mais il faut deuant s'informer bien du fait.

CONSTANTIN.

Puis-ie douter iamais de la foy de ma femme?

ARTABAN

Croyez-vous qu'vn bon fils aït vne mauuaise ame!

CONSTANTIN.

S'il n'a pas fait de mal le peut-elle accuser?

ARTABAN.

Combien qu'elle l'accuse, il se peut excuser.

CONSTANTIN.

Ie ne le veux pas voir.

ARTABAN.

De punir vn coupable

Sans l'oüir, ce n'est pas estre Iuge équitable.

CONSTANTIN.

L'oüir! ie ne veux plus le voir qu'il ne soit mort.

ARTABAN.

Mais le pouuez vous voir mourir si c'est à tort.

CONSTANTIN.

A tort! ayant voulu soüiller ainsi ma couche?

ARTABAN.

Pour le sçauoir il faut l'entendre de sa bouche.

CONSTANTIN.

Pourroit-il auoüer deuant moy ce forfait?

ARTABAN.

Peut-il auoir esté si coupable en effet!

CONSTANTIN.

Fauste l'a trop aimé pour le rendre coupable?

ARTABAN.

Les marastres toujours ont le cœur variable.

CONSTANTIN.

Son depart prouue assez qu'il se croit criminel,

ARTABAN.

Son sejour a monstré qu'il ne peut estre tel.

CONSTANTIN.

Tu t'entens auec luy.

ARTABAN.

Ie defends l'innocence.

CONSTANTIN.

Il est donc innocent?

ARTABAN.

Pour le moins ie le pense.

CONSTANTIN.

Quels seront les meschans, si de fouler mon lit
C'est vn trait d'innocence & non pas vn delit!

ARTABAN.

Ie l'appelle innocent, pource que la iustice
Ne l'a pas iusqu'icy conuaincu d'aucun vice.

CONSTANTIN.

Et i'entens, Artaban, que sans autre respect
Il soit bien-tost puny, pource qu'il m'est suspect.

ARTABAN.

Quand il auroit failly, sa faute est pardonnable,
Vn crime sans effet est toujours reparable.

CONSTANTIN.

C'est vn mal que sa mort peut seulement guerir;

ARTABAN.

Si vous estes son pere il ne doit pas perir:

CONSTANTIN.

S'il ne vit pas en fils, pourquoy viurois-je en pere?

ARTABAN.

Il vous peut agréer s'il vous a pû deplaire.

CON-

CONSTANTIN.

Pour me plaire, Artaban, il me faut contenter;
Or mon plaisir sera de le voir tourmenter.

ARTABAN.

C'est la raison qui parle; écoutez la nature,
Vous voulez dans ce fils vous mettre à la torture;
Et puis son deshonneur rejaillira sur vous.

CONSTANTIN.

Pourueu qu'il souffre bien tous ses maux me sont doux,
Je n'ay iamais produit vn fils si detestable;
S'il estoit mon image, il me seroit semblable;
Ainsi le deshonneur ne peut estre qu'à luy.

ARTABAN.

Mais enfin s'il perit, vous perdez vôtre apuy;
Vous vous perdez vous mesme en le pensant détruire;
Et vous en prenez moins à Crispe qu'à l'Empire.

CONSTANTIN.

Tu nommes mon apuy qui me veut renuerser?
Qui ne voit mes plaisirs que pour les trauerser?
Il est meilleur pour moy de voir punir ma race,
Que si dedans mon lit vn fils prenoit ma place;

Et i'ayme beaucoup mieux détruire mon Estat,
Que de le laisser viure apres cét attentat;
Ce n'est rien de regner si l'on regne sans gloire,
Et qu'on dure long temps pour flétrir sa memoire.

ARTABAN.

Ce coup diffamera par tout vôtre maison.

CONSTANTIN.

Mais on dira par tout que ie suy la raison.

ARTABAN.

Les attraits d'vn beau-fils nuiront à vôtre femme;

CONSTANTIN.

Luy seul courant danger encourra tout le blâme.

ARTABAN.

S'il est le seul coupable, on ne le croira pas.

CONSTANTIN.

Il faudra bien le croire ayant veu son trépas.
Ce discours semble trop retarder son supplice;
Si tu ne le poursuis ie te croiray complice.

ARTABAN.

Ce mot encore, Sire, on se peut repentir;

CONSTANTIN.

Non pas de m'auoir plû, mais de me repartir.
Ie t'ay dit mon ſecret, ſois moy doncques fidelle,
Et montre toy pluſtoſt trop zelé que rebelle.

SCENE II.

ARTABAN ſeul.

QVel credit qui n'eſt bon que pour faire du mal?
Et m'eſt auantageux pour m'eſtre plus fatal!
Ie pers la probité ſi Criſpe perd la vie,
Et s'il vit, ie ſubis ou la haïne, ou l'enuie;
Toutefois il vaut mieux perir,
Que de perdre d'vn coup doublement l'innocence,
Et ſi le Prince doit mourir
Il faut que par ſa mort le ſubjet le deuance.

Mais d'ailleurs ie ne puis que me deſeſperer;
Car ma mort du trépas ne le peut deliurer,
Et de cauſer deux morts n'en deuant cauſer qu'vne;
C'eſt vouloir l'obliger par vn autre infortune;

Luy ſeul donc ſouffrira la mort,
Mon mal ne luy pouuant eſtre que dommageable;
Et combien qu'il n'ait point de tort,
Les Grands n'en trouuant point peuuent faire vn coupable.

Cher Prince, excuſe moy ſi tu meurs de poiſon,
C'eſt contre mon deſir comme contre raiſon,
Mais ſi tu dois perir veux-tu que ie periſſe?
Oüy, ie deſirerois receuoir ton ſupplice;
Mais ſi ton pere ne veut pas
Que d'autre que ſon fils de ton mal ſe reſſente;
Et s'il ordonne ton trépas,
Ma main obeïſſant mon ame eſt innocente.

SCENE III.

FAVSTE. ADELAÏDE.

ADELAÏDE.

IL eſt vray qu'il a tort de s'éloigner ainſi,
S'il en a du plaiſir i'en ay bien du ſoucy.
En cas qu'on me l'euſt dit, i'euſſe empeſché ſa fuite;
Mais il s'en eſt allé ſans témoins & ſans ſuite,

Qui le gagne le perd, ie l'obligeois assez,
Son cœur reconnoit mal tant de bienfaits passez;
Au reste à ton amour il est impenetrable,
Et l'aimant tu ne peux qu'estre fort miserable.
Comme ie luy parlois d'agréer ton ardeur,
Il ne m'a témoigné que beaucoup de froideur;
Et pour t'oster enfin tout sujet d'esperance,
Ayant sceu ton dessein il sort de ta presence.

ADELAÏDE.

Iustes Cieux! pôuuez-vous brûler ainsi mon cœur,
Si moy n'estant qu'amour, Crispe n'est que rigueur?

FAVSTE.

Croyrois-tu qu'il rejette vn amour legitime,
Pour en aimer ailleurs vne autre dans le crime?
Il poursuit vne Dame inégale à son rang,
Et qu'il ne peut cherir qu'il ne choque le sang;
Cette nouuelle donc qui n'est que trop certaine,
Te doit laisser pour luy moins d'amour que de haïne.

ADELAÏDE.

Ah! qu'elle a de bonheur, quoy qu'il soit defendu.

FAVSTE.

Soit-il bonheur ou non, c'est ce qui l'a perdu.

ADELAÏDE.

Perdu! vous deuinez quelque étrange infortune:
Le nom de cette Dame.

FAVSTE.

Ah! ce mot m'importune,
Comme il ne peut l'aimer que par vn grand forfait,
Ie ne puis t'en parler que dans vn mesme effet;
Tu l'apprendras pourtant plustost que tu ne penses,
Et perdras tous tes vœux perdant tes esperances. Helene entre.

SCENE IV.

FAVSTE. HELENE mere de l'Empereur.

HELENE.

CRispe s'est mal conduit en partant de ce lieu,
Sans nous en auertir, & sans vous dire adieu;
La prudence n'est pas vertu de la ieunesse,
Sa promptitude agit plustost que son adresse,
Madame, s'il vous semble estre peu circonspect,
Que son depart pourtant ne vous soit pas suspect;
Ie sçay qu'il vous cherit autant qu'il vous honore,
Et pour vous seulement la Cour luy plaist encore.

FAVSTE.

Sa presence m'estant vn agreable objet,
Son absence m'afflige à tres-iuste sujet ;
Ne croyez pas pourtant que son depart m'offence,
Son plaisir m'est encor plus cher que sa presence ;
C'est plustost l'Empereur qui s'en est irrité,
Et nomme trahison vne legereté.
Comme i'ayme ce Prince en quel lieu qu'il puisse estre,
Iusqu'au poinct que luy seul a pû le reconnaistre.
I'ay tâché par douceur d'appaiser son courroux,
Mais ie l'aigrissois plus le voulant rendre doux ;
S'il ne reuient bien-tost, ie crain pour sa personne ;
Prenez en bonne part, l'auis que ie vous donne.

HELENE.

Ce Prince est trop bien né pour couuer dans le sein,
Parmy tant de bonté quelque mauuais dessein ;
Ie n'ay pas pû sçauoir ce qui peut luy deplaire,
Mais il estoit en peine aussi bien qu'en colere.

FAVSTE.

Ie ne vois pas au moins qu'on l'ait desobligé ;

HELENE.

C'est de trop de plaisir qu'il est donc affligé.

FAVSTE.

I'estime apres auoir bien pesé cette affaire,
Que pour sauuer le fils, il faut gagner le pere.

HELENE.

Aydez-nous donc, Madame, à sauuer vn sujet
Dont les respects vous ont toujours eu pour objet.

FAVSTE.

Quoy qu'en se retirant il m'ait bien affligée,
Au poinct que i'attendois d'en estre soulagée;
Ie veux l'aider, Madame, & tiens à grand bienfait
De pouuoir l'obligeant vous seruir en effet.

HELENE.

Ainsi vôtre clemence à nulle autre seconde,
Gagnant vn seul sujet gagnera tout le monde.

SCENE V.

CONSTANTIN. EMILE.

CONSTANTIN.

ARtaban tarde trop à faire vn si bon coup,
Qui me doit affliger & réjoüir beaucoup.

EMILE.

EMILE.

Il m'a dit que dé-ja l'affaire est auancée,
Et qu'il peut l'acheuer comme elle est commencée;
Selon que vous voudrez, ou la vie, ou la mort.

CONSTANTIN.

Les dés sont trop auant pour faire vn autre sort. Emile se retire.
Ie me coupe le bras, mais vn bras qui m'est traistre,
Qui m'est riual au lit, veut estre ailleurs mon Maistre;
Ie me crain neantmoins que Crispe s'en doutant,
Tournera contre nous les pieges qu'on luy tend?
Vn Grand ne doit rien craindre; Artaban m'est fidelle,
Et Dieu hait comme moy cette ame criminelle. Helene entre.

SCENE VI.

CONSTANTIN. HELENE sa fille.

HELENE.

SEigneur, à qui ie dois & l'honneur & le iour,
Et qui joignez si bien la grandeur à l'amour;
Ne vous estonnez pas si parmy vôtre ioye,
Vous voyez maintenant qu'en mes pleurs ie me noye.

CONSTANTIN.

I'approuue tes sanglots, sçachant que ta douleur
Prend sa source d'amour, non de quelque malheur,
Tu regrettes ton frere, & blâmes sa retraite,

HELENE.

Ie crain quelque accident qui luy pend sur la teste.

CONSTANTIN.

Quel malheur? de quel lieu luy pourroit-il venir?

HELENE.

Le present luy rit bien, mais ie crain l'auenir.

CONSTANTIN.

Ma fille, as-tu bien sceu le mal qu'on luy veut faire?

HELENE.

Non; mais le cœur me dit qu'on m'en fait vn mystere.

CONSTANTIN.

Comment?

HELENE.

Mon frere, helas! estant party d'icy,
I'ay cherché du repos pour charmer mon soucy;
Lors il m'a semblé voir Mineruine ma mere,
Qui m'a dit; tu ne dois iamais plus voir ton frere,

Vn cœur qui l'adoroit recherchera ſa mort,
Pour auoir trop bien fait, il aura tout le tort.
Sortant de ce repos ie me trouue à la géne,
Criſpe eſtoit tant aimé, qui peut l'auoir en haine?
Vous l'auez eſtimé moins encor que chery,
Fauſte en faiſoit ſon Dieu comme ſon fauory;
S'il meurt donc ce ſera par la main d'vn barbare;
Mais il conſerueroit vne vie ſi rare,
Et quelque fier qu'il ſoit, s'il n'eſt plus qu'inhumain,
Mon frere eſt trop charmant pour mourir de ſa main.
I'adouciſſois ainſi ma premiere triſteſſe,
Mais plus ie l'affoiblis, & plus elle me preſſe,
M'auertiſſant fort bien qu'il faut moins s'aſſeurer
Lors que la ſeureté ſemble touſiours durer,
I'ay crû que ie deuois en auertir vn pere,
Qui cheriſſant la ſœur doit plus cherir le frere:
Détournez, Monſeigneur, vn ſi malheureux ſort;
Criſpe ne peut mourir qu'on ne vous mette à mort,
Vous perdrez auec luy l'heritier de l'Empire,
Vôtre mere & ſa ſœur vont perir s'il expire;
Fauſte qui ne viuoit qu'en voyant ſes apas,
Ne pourra le voir mort ſans ſouffrir le trépas.

CONSTANTIN.

Ie l'aimois plus que tous ; s'il ne meurt à cette heure ;
Ma fille, ne crains pas que de long temps il meure,
Il est vray que i'auois quelque aigreur contre luy,
Mais il m'a plainement satisfait ce iourd'huy.
I'ay pour luy de l'amour, si i'estois en colere,
Et Crispe desormais ne me sçauroit déplaire.

HELENE.

Ie m'en vay publier ma ioye & son bonheur,
En dépit de l'enuie il viura dans l'honneur.

SCENE VII.

CONSTANTIN seul.

QVi peut trahir son cœur ? i'ay pour luy de la haine,
Mais i'ay bien de la peine
A soûtenir d'ailleurs les assauts de l'amour ;
Sans perir ie ne puis perdre ainsi mon image,
Et si Crispe m'outrage
Il me semble pourtant estre digne du iour.

Ie voudrois qu'Artaban eut vne autre ordonnance
Pour vser de clemence ;
Ou ie seray Tyran si i'estois Empereur!
Mon fils m'ayant haï pour cherir mes delices,
Peut-on voir des supplices
Qui ne semblent trop doux pour punir sa fureur?

Pauure sœur ie te plains, & connois que ta mere
T'auertit du mystere;
Mais pesant bien aussi l'horreur de son forfait,
Elle ne iuge pas qu'il puisse estre excusable,
Ny son époux blâmable,
Si comme il l'a produit il le perd en effet.

Crispe, ie sens pourtant que songeant à ta peine
Mon ame est à la géne ;
Ah! qu'il est bon pour moy que tu souffres du mal,
Sans que ton Iuge soit témoin de ta souffrance,
Car mesme en ton absence
Ie sens que ton destin me doit estre fatal.

Pour conseruer pourtant les droits de la iustice,
Il faut que tout perisse. Fauste & Helene entrent.

SCENE VIII.

FAVSTE. HELENE mere de l'Empereur.

FAVSTE.

SI vôtre fils, grand Prince, a failly contre vous,
Soyez pere enuers luy si vous m'estes époux;
I'aime mieux son salut que voir vôtre vengeance,
Et s'il est affligé ie suis sans allegeance;

HELENE.

Vn Prince qui rauit les cœurs comme les yeux,
Ne vit pas dans la Cour long temps sans enuieux;
Il n'est point de vertu que l'on ne calomnie,
Ce qu'on peut asseurer contre luy, ie le nie;
Et crois asseurément que son plus grand forfait,
C'est d'estre trop aimable & d'auoir trop bien fait.

FAVSTE.

Et quoy qu'il ait peché, vous estes tousiours pere,
Que l'amour enuers luy vainque vôtre colere;
En fin pour m'obliger d'vn bienfait eternel,
Donnez à mes desirs ce noble Criminel.

CONSTANTIN.

Il n'aura plus de mal.

FAVSTE.

O clemence infinie,
Qui doit punir l'offence, & la laisse impunie!

SCENE IX.

PROCLE seul, estant de retour du lieu où Crispe est mort.

QVel de ces deux malheurs, Procle, dois-tu choisir!
Voyant ton amy mort tu ne sçaurois plus viure;
D'ailleurs ne viure pas, c'est contre le desir
De celuy qui mourant t'empescha de le suiure;
Crispe ne voulut point quand il souffrit la mort
Que i'eusse ma part de sa peine,
Ie veux doncques faire vn effort
Pour n'auoir pas ma vie en haine.

Mais las! Crispe estant mort quel plaisir puis-je auoir?
Comme ie l'ay perdu, ie perdray mon Helene,
Et ie vis neantmoins seulement pour la voir,
Et d'abord la voyant ie la dois mettre en peine;

Ne vaut-il donc pas mieux que ie meure à l'instant
Pour la garantir d'vn supplice,
Que si pour estre trop constant
Ie la tuois par vn seruice?

Toutefois de perir sans luy conter la mort
De celuy qui m'en fit vne expresse ordonnance,
Ce seroit sans sujet me mettre dans le tort,
Et tromper mon amour comme son esperance:
Il faut donc maintenant que ie l'aille trouuer
Pour l'affliger quoy que ie l'aime,
Et puis ie pretens acheuer
Mon malheur auec elle mesme.

Mais helas! que ie crains que mes premiers propos
Ne l'obligent soudain à perdre la parole!
Ne vaudroit-il pas mieux la laisser en repos,
Que de l'aller blesser par vn discours friuole?
Il faut dissimuler vn si cruel trespas;
Pour insensiblement le dire,
Et que Procle n'agissant pas,
Elle se cause son martyre.

SCENE X.

SCENE X.

HELENE fille de l'Empereur. PROCLE. HYCARIE suiuante.

HELENE.

PRocle m'estoit connu, mais ie le méconnoy,
Ses ioyes sont ailleurs, & ses pleurs sont pour moy;

PROCLE.

Si Procle est affligé, vous causez sa tristesse;

HELENE.

Si faisois-ie deuant toute son allegresse;

PROCLE.

Mais depuis quelque temps le sort est bien changé,

HELENE.

A quelque autre party, Procle, s'est-il rangé!

PROCLE.

Ie suis trop honoré de vous faire seruice,
Mais vôtre frere & vous m'estes vn grand supplice.

HELENE.

Crispe que t'a-t'il fait?

PROCLE.

Ne m'en demandez rien.

HELENE.

Qui peut auoir rompu cét intime lien?
Vous n'auiez en deux corps qu'vn seul cœur, & qu'vne ame?

PROCLE.

Pour bon amy qu'il fust, il est du tout sans flamme.

HELENE.

Quelque grand accident vous a donc separez,

PROCLE.

Et nous separera lors que vous le sçaurez,
Car ie pretens mourir.

HELENE.

Mais que fait-il encore?

PROCLE.

Il ne vous aime plus, personne ne l'honore.

HELENE.

Ie sçay bien que mon cœur ne l'a pas offencé;
Si mon pere s'aigrit son courroux est passé.

PROCLE.

Il ne vous sçauroit voir;

HELENE.

Et moy ie paßionne,
De voir Crispe plustost que toute autre personne.

PROCLE.

Vous ne le verrez plus qu'auecque déplaisir.

HELENE.

Quelque mal que i'attende, au moins i'ay ce desir.

PROCLE.

Ie ne puis en parler qu'auecque violence,
Et vous le pourriez voir dedans la complaisance?
Il ne peut retourner ny s'en ressouuenir,
Il faudroit le porter pour le faire venir.

HYCARIE.

Ie croy qu'il est blessé;

PROCLE.

Son corps est sans blessure,
Crispe n'a point de mal, c'est Procle qui l'endure.

HYCARIE.

Il s'en est fuy peut estre?

PROCLE.

Il est allé bien loin.

HYCARIE.

Tu montres que ton cœur en eust bien peu de soin.

PROCLE.

Peu de soin ; ha ! Dieu sçait si mon cœur le deplore.

HYCARIE.

Fais-moy donc tout sçauoir, tu sçais que ie t'adore.

PROCLE.

Enfin Crispe.

HELENE.

Poursuis.

PROCLE.

Il me faudroit mourir,

HELENE.

Si ie te fais du mal, ie puis bien t'en guerir.

PROCLE.

Crispe, Madame ; il faut encore des larmes,
Crispe n'a plus icy de grandeurs ny de charmes.
Vous lirez maintenant le reste dans mes yeux,
Qui sans autre discours vous en parleront mieux.

HELENE.

Ie preuois vn malheur à voir ta contenance,
Et mon songe sans doute, aura trop de creance,
Procle, mon frere est mort?

PROCLE.

Vous mesme l'auez dit,
Car pour vous l'annoncer i'estois trop interdit.

HELENE.

Crispe mon frere est mort, ce beau corps est sans ame!
Dieux! il me faut perir, c'est trop peu que ie pâme;
Nous nâquimes tous deux à mesme poinct de temps,
De mourir auec luy, c'est le bien que i'attens.

PROCLE.

Il me faut soûtenir cette belle Princesse,
Accablé que ie suis du regret qui me presse.

HYCARIE.

Ceux qui sont les plus grands, ont les plus grands malheurs,
Et s'ils ont des plaisirs, ils ont plus de douleurs.

PROCLE.

Madame, vous mourez, au contraire il faut viure,
Car Crispe vous defend comme à moy de le suiure.

HYCARIE.

Vôtre decés n'est pas pour le resusciter,
Et si c'est vn Grand mort, il le faut regretter.
Qu'il est vray que l'amour de deux n'en fait qu'vn mesme?
Quoy que Crispe soit mort, ie croy qu'il est moins blesme.

HELENE se releuant.

Ton cœur me le celoit me pensant obliger?

PROCLE.

Ie differois tousiours à vous tant affliger.

HELENE.

Affliger; c'en est fait, Helene n'a de vie
Que pour voir dans ce iour qu'elle luy soit rauie.
Et comment est-il mort?

PROCLE.

Par l'effet du poison.

HELENE.

Il n'eust sceu redouter que quelque trahison.
Que dira l'Empereur, mais que dira sa femme?
Sont-ils pas pour mourir si l'autre a rendu l'ame?
Helene aussi ma mere; ha! ce seul souuenir
M'empesche de parler & de me soûtenir.

Fin du quatriesme Acte.

Argument du cinquiesme Acte.

SCENE PREMIERE.

Fauste semble s'affliger auec Helene mere de son mary, sur le sujet de la mort de Crispe, & neantmoins s'en réjoüit en effet.

SCENE II.

La conscience pourtant l'oblige à regretter celuy qu'elle haïssoit, & à le iustifier en s'accusant elle mesme.

SCENE III.

Elle dissimule cependant à sa confidente, le vray sujet de ses transports.

SCENE IV.

Artaban rendant conte de sa commission, semble s'en repentir quand son maistre en est bien content.

SCENE V.

Helene mere de l'Empereur, vient se plaindre à luy d'vne mort dont il est le seul autheur ; il accuse son fils au lieu de s'en affliger.

SCENE VI.

Il suspend son iugement entre l'incertitude & la verité, ne pouuant croire ce qu'il voit quand Fauste vient descharger Crispe, en se chargeant volontairement du crime qu'elle luy auoit imposé.

SCENE VII.

Helene sa fille augmente sa colere contre sa femme, demandant le corps de son frere, & la vengeance de sa mort, ce qu'il ne peut refuser, c'est pourquoy il condamne la criminelle qui auoit fait condamner l'innocent.

SCENE VIII.

Procle cause presque trois morts differentes, en racontant la mort de Crispe aux Princesses Helene & Adelaïde.

SCENE IX.

Helene mere de l'Empereur, qui suiuant la raison demandoit vengeance contre Fauste, suiuant la pitié vient requerir sa grace. Mais on porte la nouuelle de la mort de cette Megere, quand l'autre demandoit la vie pour elle.

CIN-

ACTE CINQVIESME.

SCENE PREMIERE.

FAVSTE. HELENE mere de l'Empereur.

FAVSTE.

OVi, Madame, sa mort me semble déplorable,
Mais sa faute autrement sembloit irreparable.

HELENE.

Madame, en l'offençant vous m'offencez aussi,
L'excusiez-vous deuant pour l'accuser ainsi?

FAVSTE.

Mon cœur parle bien moins que l'interest du pere;

HELENE.

Croyez qu'il n'en a point, Madame, en cette affaire.

FAVSTE.

Quoy qu'il en soit, Madame, au moins son fils est mort;

HELENE.

Cela n'est que trop vray, mais c'est toujours à tort.

FAVSTE.

L'Empereur se craignoit de quelque intelligence;
Il l'étouffe auec luy, c'est vn trait de prudence.

HELENE.

L'Empereur n'ayant point minuté ce forfait,
L'on ne peut sans peché le charger de l'effet.

FAVSTE.

Si ne s'émeut-il pas de voir Crispe sans vie,

HELENE.

Si verrez-vous pourtant sa mort bien poursuiuie:
Et le Ciel est menteur s'il ne met pas à mort
Ceux qui firent mourir sa ioye & mon support.

FAVSTE.

Ie voudrois de ma part aider à la vengeance,
Et mes douleurs pourroient trouuer de l'allegeance;
Mais ie n'ay pas le cœur.

HELENE.

De vanger l'Innocent?

FAVSTE.

Celuy qui veut couurir vn forfait, y consent.

HELENE.

Vôtre cœur n'a donc plus pour luy que de la haïne?

FAVSTE.

Trop d'amour enuers luy m'a failly mettre en peine.
Puis qu'il pretendoit estre autant que l'Empereur,
Quel cœur pourroit aimer cét excés de fureur?
Madame, auec raison ie regrette sa perte,
Mais ne l'excusez point sa faute est découuerte;
Et puis il ne faut pas en matiere d'Estat,
Employer son credit pour vn tel attentat.

HELENE.

Il n'est plus d'innocent si mon fils est coupable,
Fauste, Helene, en vn mot, chacun est execrable.
Cher Prince tu peux voir si tu deuois cherir
Ces yeux qui sans pleurer t'ont regardé perir!
Mais son sang neantmoins vous fera voir, Madame,
Que du forfait qu'on dit, quelque autre en a le blâme.

Helene se retire.

SCENE II.

FAVSTE seule.

DOnc le sang de ce mort m'apprendra mon deuoir?
Inuisible qu'il est, il me semble le voir,
Qui me dit par reproche ; ha! marastre infidelle,
Tu ne seras plus mere estant si criminelle ;
Ie vois encor briller ses yeux,
Combien que le trespas les ait rendus fort sombres,
Et qui semblent blâmer les Cieux,
De me pouuoir souffrir ailleurs qu'entre les ombres.

Pardonne-moy, cher Crispe, au moins apres ta mort
Mon amour immortel me fait voir que i'ay tort ;
Ie deuois moins t'aimer ou t'estre moins seuere,
Et ne te perdre pas, si tu m'auois peu plaire ;
Ta vertu causa tes tourmens,
Et dans tout son bonheur, Fauste fut malheureuse,
T'ostant tous les contentemens
Afin de contenter sa fureur amoureuse.

Si i'ay causé sa mort ne dois-ie pas mourir?
Et le puis-ie suruiure ayant pû le cherir?

L'Innocent a souffert le supplice du crime,
Mais ie dois l'endurant le rendre legitime;
Et ie ne sçaurois plus rien voir,
Ayant eu tant d'amour ensemble & tant de haine;
Et tout le monde doit sçauoir
Que si i'ay fait le mal, i'en porte bien la peine.

Mourons donc maintenant puis que c'est la raison,
Vangeons par le poignard ce qu'a fait le poison,
Allons iusqu'aux Enfers satisfaire à son ombre,
Les Furies y sont, & ie seray du nombre;
Que peuuent-elles auoir fait
Qui ne semble estre doux l'opposant à ma rage?
Et peut-on commettre vn forfait,
Qui prés du mien ne soit plustost vertu qu'outrage.

Mais ne deuant plus viure, il ne faut pas mourir,
Le mal subsiste encor, & ie le dois guerir;
Comme i'ay cy-deuant chargé son innocence,
Ie la dois décharger suiuant ma conscience;
Crispe, ie m'en vay t'excuser,
Et par mesme moyen me rendre inexcusable!
Mon époux, i'ay pû t'abuser,
Tu ne peux doncques pas m'estre qu'impitoyable? Adelaïde entre.

SCENE III.

FAVSTE. ADELAÏDE.

ADELAÏDE.

Vos regrets maintenant ont vn plus grand effort,
Vous ressentez du mal d'ailleurs que de la mort.

FAVSTE.

Ie ne m'en émeu pas ayant sceu la nouuelle,
Me doutant que ce fust quelque bruit infidele;
Maintenant que ie voy la verité du fait
Ie ne puis plus me feindre.

ADELAÏDE.

On le voit en effet.

HELENE.

Aquoy visent pourtant ces pleurs & ce courage?
Ce sont moins des regrets que des transports de rage?

FAVSTE.

Il faut suiure mon Crispe, & mourir comme luy;

ADELAÏDE.

C'est vouloir doublement le meurtrir auiourd'huy:

Puis que vous ne faisiez auec luy qu'vn cœur mesme?

FAVSTE.

Mon decés fera voir qu'encore mort ie l'aime.

ADELAÏDE.

Il faut viure & vanger cét enorme forfait;

FAVSTE.

Ie m'en vay découurir l'vnique autheur du fait.

SCENE IV.

CONSTANTIN. ARTABAN.

CONSTANTIN.

L'Affaire a reüßi suiuant mon esperance;

ARTABAN.

Si crains-ie bien l'effet d'vne telle ordonnance.

CONSTANTIN.

Vn Empereur ne peut craindre d'autre pouuoir.

ARTABAN.

Ie dois craindre toujours de choquer mon deuoir.

CONSTANTIN.

N'est-ce pas ton deuoir de rendre obeïssance
A celuy qui peut tout.

ARTABAN.

Hors de ma conscience.

CONSTANTIN.

La conscience veut qu'on suiue la raison.

ARTABAN.

La raison defendoit de donner ce poison.

CONSTANTIN.

Mon fils deuoit souffrir pour me tirer de peine.

ARTABAN.

L'innocent deuoit-il estre mis à la géne?

CONSTANTIN.

L'innocent, preuenu d'vn horrible forfait?

ARTABAN.

S'il vous parust coupable, il fut chaste en effet.

CONSTANTIN.

Tu l'excuses encor auec ton eloquence!

ARTABAN.

Ie parle moins pour luy que sa propre innocence.

Tu

CONSTANTIN.

Tu pretens m'irriter m'en discourant ainsi.

ARTABAN.

Ceux qui l'ont veu mourir vous le diront aussi.

CONSTANTIN.

Sa mort deuoit toujours ressembler à sa vie.

ARTABAN.

Il est mort dans l'honneur, s'il est mort par enuie.

CONSTANTIN.

Il est mort dans l'honneur m'ayant fait cét affront?

ARTABAN.

L'innocence toujours a paru sur son front.

CONSTANTIN.

L'impudence par fois prend le nom d'innocence.

ARTABAN.

Iamais tant de douceur ne viendoit d'impudence.
Il a toujours nié ce crime.

CONSTANTIN.

On l'a prouué.

ARTABAN.

Mais vous ne voyez pas s'il n'est que controuué.

CONSTANTIN.

L'accusateur est grand.

ARTABAN.

Et fait vn grand coupable.

CONSTANTIN.

Fauste estoit hors de blâme.

ARTABAN.

Et l'autre irreprochable.

CONSTANTIN.

Si Dieu l'eust veu sans crime, eust-il permis sa mort?

ARTABAN.

Les Dieux permettent bien qu'on leur face du tort?

CONSTANTIN.

Qu'a-t'il dit en mourant.

ARTABAN.

Qu'il n'estoit pas coupable
D'vne horreur dont vn Monstre à peine estoit capable.

CONSTANTIN.

Il deuoit ainsi dire au lieu de s'en aller.

ARTABAN.

La Cour reconnoistra qu'il le deuoit celer.

CONSTANTIN.

Cependant il eſt mort ſans qu'on le reconnaiſſe.

ARTABAN.

Le Soleil a ſes rais ſans qu'il nous apparaiſſe.

CONSTANTIN.

Mais il ne tarde pas à luire dans les Cieux;

ARTABAN.

Et poßible ce mort deßillera vos yeux.

CONSTANTIN.

Qu'il deßille les ſiens qui n'ont plus de lumiere?
Ie cede neantmoins à ma flamme premiere;
I'aime encore mon fils, & bien qu'il m'ait picqué,
I'ay du regret pour luy de ce qu'il m'a choqué;
Ie pleure pour ſa mort combien qu'elle ſoit iuſte,
Et meſme criminel, Criſpe me ſemble auguſte;
Reſiſtons neantmoins à ces laſches douleurs,
La iuſtice eſt ſans yeux, qu'elle ſoit donc ſans pleurs.

Helene entre.

SCENE V.

CONSTANTIN. HELENE sa mere.

HELENE.

ET vous viuez encor, le Prince estant sans ame?

CONSTANTIN.

Qu'ay-je fait pour mourir qui soit digne de blâme?

HELENE.

Qu'auoit fait vôtre fils?

CONSTANTIN.

Il auoit bien du tort,

Puis que son pere mesme a procuré sa mort.

HELENE.

Quel tort pouuoit auoir vn fils plein d'innocence?

CONSTANTIN.

De l'appeller ainsi, c'est doubler son offence.

HELENE.

Et quelle est cette offence?

CONSTANTIN.

Elle est noire à ce poinct,

Que son enormité fait qu'on n'en parle point.

HELENE.

Vôtre cœur peut-il rien celer à vôtre mere?

CONSTANTIN.

Ce fils ne tenoit plus Constantin pour son pere.

HELENE.

Il vous honoroit tant.

CONSTANTIN.

Oüy pour me mépriser.

HELENE.

Il estoit tout à Fauste.

CONSTANTIN.

Oüy pour la courtiser.

HELENE.

Pouuez-vous accuser une si pure flamme?

CONSTANTIN.

L'innocent souhaittoit d'estre époux de ma femme?

HELENE.

Quels en sont les témoins?

CONSTANTIN.

Ceux qui le sçauent bien.
Et qui pour l'excuser n'en disent pourtant rien.

HELENE.

Fauſte ne dira pas que Criſpe ſoit coupable.

CONSTANTIN.

Ny qu'vn ſi prompt depart ne le rende blâmable.

HELENE.

Les objets le cherchoient, il en trouuoit ailleurs.

CONSTANTIN.

Il n'en rencontroit pas peut eſtre de meilleurs.

HELENE.

Pour voir de grands malheurs ne cherchons pas les Fables,
On peut trouuer icy des Phedres veritables.

CONSTANTIN.

Poßible on l'a chargé des attentats d'autruy,
Quel autre eut osé faire vn tel crime que luy?

HELENE.

Fauſte dans ſon amour pour ſe tirer de peine,
A fait voir à ce coup ſa prudence & ſa haine;
Ie voy bien que ſon zele eſtoit pernicieux,
Elle le cheriſſoit pour le rendre odieux.

CONSTANTIN.

Il ne faut pas blamer ma femme en ma presence.

HELENE.

Fauste aussi n'y doit pas accuser l'innocence. Fauste entre.

SCENE VI.

CONSTANTIN. HELENE mere.
FAVSTE. ARTABAN.

FAVSTE.

IE demande iustice, & pour vous & pour moy.

CONSTANTIN.

Deuant qu'en voir l'effet il faut sçauoir pourquoy.

FAVSTE.

Il faut icy vanger la mort de l'innocence.

CONSTANTIN.

Il n'est mort d'auiourd'huy qu'vn Monstre d'impudence!

FAVSTE.

Apres que Crispe est mort il faut faire perir
Cét esprit qui l'aimoit pour le faire mourir.

CONSTANTIN.

Il faut s'en prendre à moy.

FAVSTE.

Vous estes excusable,
S'il est mort innocent, c'est moy qui suis coupable.
C'est moy qui l'accusay du crime que ie fis,
Voulant vn autre époux, ie vous ostay ce fils.

CONSTANTIN.

Rappellez vos esprits; vne forte pensée
De la mort de mon fils l'a renduë insensée.

FAVSTE.

Non, ie n'ay pas perdu l'vsage de raison,
Mais i'ay perdant ce fils perdu vôtre maison.

CONSTANTIN.

Vos discours en deux temps n'ont pas de ressemblance.

FAVSTE.

Ie dis la verité n'ayant plus d'impudence.
Ie le sollicitay, mais il me resista,
Et l'amour me quittant la fureur m'emporta.
Lors ie vins l'accuser pour colorer mon crime,
Croyant qu'estant couuert il seroit legitime;

J'ay

I'ay fait ce que i'ay pû pour cacher mes excés,
Mais ie meurs mille fois ayant sceu son decés.
Il m'oste le repos aussi bien que la vie,
De iour comme de nuit ie m'en vois poursuiuie.
Ne l'apperçoit-on pas qui d'vn regard affreux,
Vient m'arracher le cœur & me pocher les yeux?
S'il n'estoit que douceur, il n'est plus que vengeance;
Aussi ne suis-je plus vn objet de clemence:
Acheue donc, cher Prince; hé! tu ne le veux pas;
Mais pour mieux me punir retardes mon trépas!

CONSTANTIN.

O Manie!

ARTABAN.

O fureur!

FAVSTE.

Si Crispe est debonnaire,
Il me faut irriter la fureur de son Pere, Elle s'adresse à Constantin.
I'ay mis ton fils à mort, fais moy doncques mourir,
L'innocent n'estant plus, ne dois-je pas perir?

CONSTANTIN.

Comme elle aimoit mon fils elle le pretend suiure,
Et pour le suiure ailleurs, elle ne veut plus viure:

C'eſt pourquoy n'ayant point d'autre cauſe de mort,
Pour ſe faire coupable elle fait vn effort.
Ie vous eſtime trop pour vous croire ſincere,
Sous ce mal apparent vous couurez vn myſtere:
Ce diſcours n'eſt qu'opprobre & que temerité.

FAVSTE.

Qu'il ſoit tel, ie le veux, mais c'eſt la verité;
Ie cheriſſois ton fils, non pas comme vne mere,
Mais comme vne maraſtre, ou comme vne Megere;
Ie le veux ſuiure ailleurs, mais c'eſt moins par amour,
Qu'en effet me voyant eſtre indigne du iour.

CONSTANTIN.

Artaban dois-je croire à ce rapport infame?

ARTABAN.

C'eſtoit vne maraſtre.

CONSTANTIN.

Oüy, mais c'eſtoit ma femme.
Elle auoit le cœur bon.

ARTABAN.

Et le Prince eſtoit beau.

CONSTANTIN.

Mais quoy, pour le cherir l'auoir mis au tombeau?

HELENE mere.

Viuez apres auoir veu perir vôtre image,
Ce sont là de beaux fruits d'vn second mariage;
Il vous rauit vn fils digne d'estre Empereur,
Pour ne vous engendrer que des sujets d'horreur.

FAVSTE.

Dedans vôtre equité vous vous rendez coupable,
D'auiser seulement si ie suis excusable:
Vous redoublez encor le crime que i'ay fait,
Quand vous me laissez viure ayant veu mon forfait.

SCENE VII.

CONSTANTIN. FAVSTE. HELENE mere. HELENE fille. ARTABAN.

HELENE fille.

Vous voyez, Monseigneur, dans l'effet de mon songe,
Que c'est la verité qu'on appelloit mensonge;
Mon frere toutefois n'est mort que par moitié,
Acheuez donc sa mort par haine ou par pitié:

C'est pour me voir viuante en ce lieu que ie pleure,
Ie nâquis auec luy pour mourir à mesme heure;
La nature eust grand tort de nous vnir tous deux,
Si ie vis malheureuse, & s'il est mort heureux;
Ie vous declare encor que s'il fut dans l'offence,
Sa sœur pareillement n'est plus dans l'innocence;
Mais auant que perir, que i'embrasse son corps,
Pour me voir auec luy mettre au nombre des morts.

HELENE mere de l'Empereur.

Donc pour auoir suiuy les humeurs d'vne femme
Tout couuert de Laurier, on vous couure de blâme?
Rappellez maintenant vn Prince si parfait,
Et le resuscitez, s'il est mort en effet.

Les deux Helenes se retirent brusquement.

CONSTANTIN.

Ce seroit mon desir, s'il n'estoit impossible,
Et nous le reuerrions sans qu'il est inuisible; Il fléchit le genoüil.
Ah mon fils! voy ton pere en peine de ta mort,
Et que s'il en est cause, vn autre en a le tort.
Ma haine a moins agy qu'vn zele de iustice,
I'aimois mieux te voir mort que soupçonné d'vn vice.
I'ay failly neantmoins ne considerant pas,
Que ton défaut estoit d'auoir eu trop d'appas.

Que ne m'est-il permis de t'embrasser encore!
Mes vœux sont indiscrets, il faut que l'on t'adore.
Ie t'immole aujourd'huy, celle qui t'accusa,
Et trompe son espoir comme elle m'abusa: Il parle à Fauste.
Megere tu pensois en t'accusant toy-mesme,
Excuser finement vne malice extréme.
Tu mourras neantmoins, & loin de t'estre doux,
Ie seray ton bourreau si ie fus ton époux:
Meschante pour cela tu rompis le voyage
D'vn fils que tu voulois reseruer à ta rage?
Prens, prens tous tes enfans pour perir auec toy,
Crispe témoigne assez qu'ils ne sont pas à moy.

Il parle tout bas à Artaban, & luy donne charge de noyer Fauste dans le bain. Et ajouste.

Tu fis mourir celuy qui n'estoit pas coupable,
Laue donc cette erreur dans vn sang execrable.

ARTABAN.

Ce dernier coup perdra du tout vôtre maison.

CONSTANTIN.

Ie la veux voir perir puis que c'est la raison.

ARTABAN.

Vous consolez vos maux par de grandes miseres.

FAVSTE.

Pour punir vn tel crime on fait trop de mysteres.

CONSTANTIN.

Sa peine tarde trop.

FAVSTE.

Il est vray qu'il est lent,
Tout supplice m'est doux, bien qu'il soit violent.

SCENE VIII.

HELENE fille de l'Empereur. ADELAÏDE. PROCLE.

HELENE.

MAintenant que nos yeux ont épuisé nos larmes,
Dy nous comment mourut ce vainqueur loin des armes.

PROCLE.

Vous me faites mourir me demandant sa mort;
Pour vous faire plaisir ie vay faire vn effort.
Vous auez bien apris qu'elle fut sa retraite,
Et quoy qu'on la blâmast qu'elle estoit fort honneste;
Quoy qu'il fut bien content d'auoir quitté la Cour,
Il maudissoit souuent le plaisir & l'amour;

Ie croyois que ſon cœur vous trouuoit inhumaine,
Et que vôtre froideur auoit causé ſa haine; Il parle à Adelaïde en ce vers.
Mais pour dire le vray, ie ne le pûs ſçauoir,
Car ſa langue en ce poinct cedoit à ſon deuoir:
Il ſe plaignoit pourtant; & diſoit à chaque heure,
Si ie ſuis tant aimé, faut-il pas que ie meure?
Lors ie luy repartois, ſi l'on vous aime tant,
Au lieu de mourir triſte, il faut viure content.
Artaban là deſſus vint au nom de ſon pere,
Et pour mieux le ſurprendre il taſchoit de luy plaire:
I'eſtois rauy de voir, qu'encore l'Empereur
Euſt pour luy de l'amour ayant eu de l'aigreur;
Cét Agent luy diſoit que Fauſte eſtoit ſans ame,
Et s'il ne reuenoit qu'elle iroit ſous la lame.
Le Prince à ce diſcours n'auoit plus de couleur,
Mais on nommoit amour vn effet de douleur.
Ce traiſtre confident ſur le ſoir le conuie
Pour luy donner la mort dans l'appreſt de la vie.
On parle en ce feſtin de plaiſir & d'honneur,
Et le Prince au dehors eſt remply de bonheur;
Mais il a ſon malheur au dedans de luy-meſme,
Son viſage de vif à l'inſtant deuient bleſme.
Il chancelle.

HELENE.

Ie meurs.

PROCLE.

Il tombe renuersé,
Et ſans ſembler malade, il paroiſt treſpaſſé.
Artaban s'en eſtonne au moins en apparence,
Nous prenons mille fois & perdons eſperance;
On s'oppoſe à ſon mal pour empeſcher ſa mort,
Mais nous voyons nos ſoins trompez par ſon effort.

ADELAÏDE.

Se ſouuint-il de nous deuant que rendre l'ame?
Ie fais la curieuſe, & ie ſens que ie pâme.

PROCLE.

Ie m'eſcrie en pleurant, Criſpe vous me laiſſez!
Et puis-je viure icy ſi vous y trépaſſez?
A ces mots s'éueillant, il ouure la paupiere,
Et n'a pas peur de moy comme de la lumiere.
Et puis ſe releuant d'vne maſle vigueur,
S'il s'en va perdre l'ame, il ſemble prendre cœur;
On croit voir vn Soleil regardant ſon viſage,
Le mal l'affoibliſſant augmente ſon courage;

Et

Et puis d'vne voix forte, & d'vn tres-doux accent,
Que tous ſçachent, dit-il, que ie meurs innocent.
Mon trépas neantmoins aura bien ſa vengeance,
Et mort ie feray voir ſi ie vis dans l'offence.
Là deſſus il m'embraſſe, & me baiſant deux fois;
C'eſt pour toy, me dit-il, que i'ay repris la voix;
Mourant dans ton amy tu dois pourtant ſuruiure,
Ma mort eſtant iniuſte il la faudra pourſuiure,
Ie ne t'en diray pas toutefois le ſecret,
Ay-je eſté ſi méchant ſi ie ſuis ſi diſcret?
Aime toujours ma ſœur, honore ma Maiſtreſſe;

ADELAÏDE.

Que ce doux ſouuenir me cauſe de triſteſſe,

PROCLE.

Apres de tels propos ſes yeux s'abbaiſſent fort,
Nous le croyons viuant & nous le voyons mort;
Il me parle de vous, quand la douleur le preſſe,
Dans ſes conuulſions encore il me careſſe,
Il ſe meurt de foibleſſe, & ie me meurs d'ennuy,
Voyant que par ſon ordre il faut viure apres luy;
Ie pers à tout le moins la voix deſſus ſa bouche,
Il ſemble vn homme encor, mais ie ſemble vne ſouche.

Q

Il expire à la fin, ie ne puis respirer,
Et ne peux plus agir pouuant tout endurer.
On croit que mesme mal me cause mesme peine,
Mais pour mon plus grand mal cette creance est vaine.
On le leue aussi-tost, on le fait visiter,
L'autheur de sa mort tasche à le resusciter;
Mais enfin il est mort, en vn moment la terre
Perd en luy son Soleil & son foudre de guerre;
Ie voulois conseruer ses restes precieux,
Et perdre la lumiere ayant fermé ses yeux;
Mais suiuant mon amour comme son ordonnãce, Il parle à Helene.
Ie suis venu vous voir & haster sa vengeance;
Et puis que son vouloir est conforme à mes vœux,
Madame, receuez mes larmes & mes feux.
Ie n'aimois que luy seul, ie n'aimeray qu'Helene,
Il passoit pour mon Prince, & vous serez ma Reine;

HELENE.

Oüy, Procle, ie me rends à ce doux compliment,
Et sans qu'il faut mourir nous viurions doucement.

ADELAÏDE.

Allons nous informer si Fauste est étouffée,
Mon amour de sa mort doit dresser son trophée.

SCENE IX. & derniere.

CONSTANTIN. HELENE mere. ARTABAN. EMILE. PROCLE.

CONSTANTIN.

C'Est en vain, c'est en vain qu'on la pretend sauuer,
Ce forfait est trop noir, ce bain le doit lauer.

EMILE.

Vos enfans crient-là, nous n'aurons plus de mere.

ARTABAN.

Qui veüille à ses enfans choisir vn autre Pere. Helene entre.

HELENE mere.

C'est contre mon desir que ie demande vn don,
Mais la Foy nous aprend qu'il faut faire pardon;
Fauste pour elle mesme est vrayment punissable,
Trois innocens pourtant la rendent excusable;
Ils sont foibles encor, ne la leur ostez pas,
Ou vous les tuez tous pour venger vn trépas.

CONSTANTIN.

Pardonner! si mon fils auec tant d'innocence
Plus que les scelerats éprouua ma vengeance!

Vous ne l'aimez donc plus, ou ce n'est qu'à demy,
Si vous pleurez sa mort plaignant son ennemy.

HELENE mere.

Le sang m'enseigne l'vn, & le Ciel m'aprend l'autre.

CONSTANTIN.

Mon sentiment pourtant n'est pas conforme au vôtre.

HELENE mere.

Mais la mettant à mort vous estes pour mourir,
Et perdant tout son sang Constantin va perir.

CONSTANTIN.

C'est vn sang corrompu que i'épanche à cette heure,
I'ay bien perdu deuant le bon sans que i'en meure?

HELENE à costé.

Dedans la probité son mal ne me plaist pas,
Mais i'ay bien de la peine à pleurer son trépas.

CONSTANTIN.

Qui peut sans m'offencer defendre vne Megere?
Qui de pere m'a fait vn Tyran sanguinaire? Artaban entre.

ARTABAN.

On vient de l'étouffer.

CONSTANTIN.

Quel excés de malheur?
Où ie me fais du mal pour calmer ma douleur;
Ie peris par moitié sans pourtant rendre l'ame,
Ie vis ayant veu morts & mon fils & ma femme,
Ie suis au moins content qu'apres vn tel effet,
Si ie suis affligé mon fils soit satisfait?
Et que si l'innocent est mort par ma puissance,
Le forfait bien puny vange ainsi l'innocence. Procle entre.

PROCLE.

On a porté le corps de Crispe.

CONSTANTIN.

Le deuoir
Aussi bien que l'amour nous oblige à le voir,
Estant mort méprisé qu'il viue dans la gloire,
Et que dans sa défaite il trouue sa victoire.

FIN.

PRIVILEGE DV ROY.

LOVIS PAR LA GRACE DE DIEV ROY DE FRANCE ET DE NAVARRE, A nos amez & feaux Conseillers, les Gens tenans nos Cours de Parlement de Paris, Tholoze, Bordeaux, Roüen, Grenoble, Dijon, Aix, Rennes, Preuost de Paris, Baillifs, Seneschaux, & autres nos Iusticiers & Officiers qu'il appartiendra, Salut. Nostre bien amé FRANÇOIS DE GRENAILLE, nous a tres-humblement fait remonstrer qu'il desireroit donner au public vn liure qu'il a composé, intitulé *l'Innocent Malheureux, ou la Mort de Crispe*, & iceluy faire imprimer, s'il nous plaisoit luy octroyer nos Lettres à ce necessaires. A CES CAVSES, desirant fauoriser l'exposant, Nous luy auons permis & octroyé, & de nostre grace speciale, permettons & octroyons par ces presentes, de faire imprimer ledit liure en tels characteres, & en tels volumes, & par tel Imprimeur que bon luy semblera, durant le temps & espace de cinq ans, à compter du iour & datte que ledit Liure sera acheué d'imprimer. Luy donnons en outre pouuoir de ceder & transporter le present Priuilege à qui il aduisera. Faisant tres-expresses inhibitions & defenses à tous Imprimeurs & Libraires de ce Royaume, & autres personnes de quelque qualité & condition qu'elles soient, (autre que celuy qui aura droict dudit Exposant) de faire imprimer ledit Liure en aucun lieu de nostre obeïssance durant ledit temps, sans le consentement dudit de Grenaille, ou de celuy qui aura droict de luy, sous pretexte d'augmentation, correction, ou changement, en quelque sorte & maniere que ce soit, ny mesme d'en extraire aucunes pieces, ou d'en contrefaire le tiltre & frontispice, à peine de quinze cens liures d'amende, & de confiscation des Exemplaires contrefaits, & de tous despens, dommages & interests. VOVLONS en outre qu'en faisant mettre au commencement ou à la fin du Liure ces presentes, ou vn bref extraict d'icelles, qu'elles soient tenuës pour deuëment signifiées, & que foy y soit adioustée, à la charge de mettre deux Exemplaires dudit Liure en nostre Bibliotheque publique, & vn dans celle de nostre tres-cher & feal le sieur SEGVIER Cheualier, Chancelier de France. SI VOVS MANDONS, & tres-expressement enjoignons faire joüir dudit Priuilege ledit Exposant, ou celuy qui aura droict de luy, cessant ou faisant cesser tous troubles & empeschemens au contraire : Car tel est nostre plaisir. DONNE' à Paris le trentiesme iour de Septembre, l'an de grace mil six cens trente-neuf, & de nostre Regne le trentiesme.

Par le Roy en son Conseil,

DE GYVES.

Ledit sieur de Grenaille a cedé & transporté tous les droicts à luy accordez par sa Majesté dans ce present Priuilege, à Iean Paslé Imprimeur & Libraire en l'Vniuersité de Paris, pour en ioüir par ledit Paslé durant le temps porté par iceluy, & ce suiuant la conuention faite entr'eux.

Acheué d'imprimer pour la premiere fois, le 22. Nouembre 1639.

Fautes suruenuës à l'Impression.

EN l'Epistre, page 2. ligne 25. donner, lisez obtenir, p.3. l.13. ostez qui vous fait, p.3. l.16 fait voir, lisez monstre. En la Preface, de tenir le premier rang, lisez d'auoir place entre ceux qui tiennent le premier rang. Dans le corps de la Tragedie, p.30. vers.10. ou, lis. oüi, p.38. l.12. qu'il auoit, lis. qu'elle auoit, p.43. l.9. ces, lis. ses, p.47. v.19. Foudroye maintenant, lis. Ecrase à mesme instant, p.55. v.2. suiure la Cour, lis. estre à la Cour, p.58. v.8. n'en fais pas vn mystere, lis. il faut estre syncere. p.61 v.2. cœur, lis. le cœur bon, p 73. v.15. punir ma, lis. perir ma, p.88. v.16. meurtrir, lis. blesser, p.91. l. penult. Hycarie, lis. Helene, p.92. lis. Helene au lieu d'Hycarie, p.92. v.7. lis. Crispe, Madame, il faut encor ietter des larmes, p.99. v.2. failly, lis. pensé, v.3. autant que, lis. égal à, p.118. v.1. on fait trop de mysteres, lis. on vous voit debonnaires ?

Cét Innocent est Malheureux en effet & en figure ; il mourut par la faute d'autruy, & resuscite par la mienne. I'ay corrigé quelques traits, non pas pour dire que i'estime les autres bons, mais pour t'apprendre, Lecteur, que ie n'en approuue pas vn de ceux que tu iugeras mauuais. Imite ma naïfueté, & ie tascheray d'imiter les autres perfections que tu peux auoir. Ce que ie te dis pour Crispe, ie te le dis aussi pour la Place Royale, ou la Statuë du Roy que ie te donnay dernierement.

www.ingramcontent.com/pod-product-compliance
Ingram Content Group UK Ltd.
Pitfield, Milton Keynes, MK11 3LW, UK
UKHW031901260826
14628UKWH00002B/906

9 782019 306205